ひとりの楽園

畠山久米子
Hatakeyama Kumeko

文芸社

多々羅大橋

いきなりこの写真を見たら、どこだか見当がつかない。瀬戸内海の一部の、わが故郷の近辺だ。

この多々羅大橋は、郷里の大三島と生口島を結んでいる。橋の完成後、私は幾度も往来した。私が島を出てから、六十余年の間に故郷は大きく変わった。

著者近影

平成六年花会式（薬師寺に於いて）
二百十六巻の写経記念の
肩衣を受ける著者。

ひとりの楽園

はじめに

「ひとりの楽園」は、平成十年に自費出版した、私の最初の本である。平凡な一人の女が、八十歳近くになって、自分の生きて来た証しとして、急に思いたって作った。周囲の人たちに押しつけて、読んで頂いた。この度、文芸社とのご縁に恵まれ、先の本に少し加筆訂正したものを加え、新たに出版させていただくことになった次第。

満州から引き揚げて来て、ひとりで何とか生きてきた五十余年。古稀には何か一つの記念を、と思ったが計画倒れになった。重い気持ちを引きずりながら、年が過ぎて行った。そうしているうちに、あの阪神淡路大震災に見舞われた。住み家を失った私は、横浜へ引っ越しした。横浜市が、被災者救済に供給した住宅へ弟が申し込んでくれたのだった。弟は長年病床にあった。弟の家は、バスで二十分足らずの隣区にあり、毎日のように見舞った。弟が亡くなり、家族とは自然に疎遠になったので時間が出来た。それがいいチャンスだった。自分史を作ろうという意欲が、急に湧いた。古稀の時には、本を作るにも材料不足だったのである。

あの震災の年から、私は神戸新聞社の通信文章講座で学んでいた。月に一回だから三十何篇のエッセイを書き溜めていた。それを中心に、過去の新聞投稿や、短歌、神戸市民文芸誌に、入賞、入選した作品を集めたら、そこそこの形になる。私の心は弾んだ。出来映えは如何にあろうとも、長年の一つの計画が完成したという満足感があった。その年の年賀状に、烏滸がましくも短歌を添えた。

年々に新春《はる》は巡るも八十路にて我が春迎ふる文集なりて

先の本に、エッセイ数篇、新聞投稿数篇を加えて、表紙も明るいものに変えた。高齢者が楽しく生きている姿を、如実に現している。一人暮らしを送っている年配の方々に、読んでいただければこの上ない幸せである。

ひとりの楽園

■目　次■

はじめに――3

エッセイ――9

新聞投稿――99

エッセイ

宅配便

足音が聞える度に、私は包丁の手を止めた。家へ来る人か、否かを確かめるために。昼過ぎに一つの宅配便を預かった。

こういう場所ではよくあることだ。神戸にいた頃も、度々経験した。十七年ものつき合いだったから、安心して預かったものだ。知らない人のを預かるのは初めてだ。ここへ来て間のない頃、向いの方に二回程お世話になった。預かってくれと頼まれると、無下に断れない気がした。一階の人と聞いた瞬間に、真下のSさんだと想像した。Sさんなら少しばかり関係があるし、心でうなずいた。届け先は、その向いのNさんだと言う。

その奥さんの顔は、未だ脳裏に入っていない。平均的美人の顔は覚え難い。殊に私は人の顔を覚えるのが、大の苦手だ。阪神大震災に遭い、こちらへ来て二カ月余りだ。配達人は古い住人か、新米かは知らない。近くの人にと、上の階を目指して来たのだろう。

受け取ってドアを閉めた途端に、後悔と不安がよぎった。物騒な世の中で、安易に引き受けた品物が「危険物かも」という心配ではない。取りに来た人へ「ハイ、どうぞ」と渡して、後で間違いだったと当人から、請求された時の困惑だった。郵便局のように、身分証明をしてくれとは言えない。忽ち団地内で悪者扱いされるに違いない。

品物は化粧品の類らしい。まあ、この程度の金額なら、弁償も出来るわと開き直った。小さな親切のつもりが、こんなに心の負担になるとは！　階段の両側の十世帯で、知っているのはお向いさんだけだ。引っ越した日にご不幸があった。行事が済んでから挨拶に行きご仏前でお経を上げて来た。ここの住人たちは、若い人が多いようだ。昼間に人と顔を合わせたことはない。だから私が、皆と親しく言葉を交せるのは、大分先のことだろう。団地の人らしいと思うと、誰にでも挨拶をする。年配の人は、丁寧に返礼されるが、若い人は知らん顔をして通り過ぎる者もいる。その都度、私は考え込む。

夕方になって足音が繁くなった。しかし、皆私の家の前は通り過ぎる。先程、階段下へ夕刊を取りに行った時、Nさんのドアに挟んである、青い紙片をチラッと見た。フライパンを火にかけた途端に、忙しく階段を駆け上る足音がして、ドドンとノックの音。鉄のドアだから大きく響く。

私はやっと、気の重い長い時間から解放された。

小さな人差指

その女の子は、ヨチヨチと私の側に寄って来た。そうして、さっきと同じように、小さな人差指をチョコンと前につきだした。そこは病院内の薬局だ。小さな子どもと薬局は結びつかない。

「お母ちゃんはあっち、ね、あっちよ」

私がこういうのは三回目だ。母親のいる方を指差した。女の子は、私のその手を握った。温かくて、驚く程の力だ。突然の幼子の行動に、私は戸惑った。

「一緒に来て頂載、と言っているのよ」

隣に腰掛けていた義妹が、即座に言った。彼女は七人の孫を持っている。私は立ち上がり、身体を低くして、女の子に歩幅を合わせて歩き始めた。見知らぬ子の手の温みが、全身に拡がり、ほのぼのとした喜びが湧き上がる。子どもは嫌いよ、と言い放った私に。

診察待ちで退屈し切っている人々の視線が、二人に注がれている。皆は初めからのいきさつを見ているので、本当の祖母と孫でないことは十分に承知だ。これから何が始まるのか、興味があるのだろう。女の子に導かれて行った先は、壁際の本棚の前だった。「ご本が欲しかったのね」私は顔をのぞきこんだ。

未だ言葉が言えない子は、自分の意志を、その物に向って指を差すことで相手に知らせる。母親にせがめば一番早いのに、と思った。家で「駄目よ、今忙しいの」と、いつも拒否されているのだろうか。女の子は待合室へ入った時から、誰かにそれを訴えたくて、ウロウロと歩き廻っていたのだ。

辺りに人は大勢いる。テレビを見たり、隣の人と喋ったり、でも誰も女の子に目を向けない。母親でさえ、限られた範囲内にいることで、安心している風で声をかけない。たまたまおせっかいに、私が声をかけた。この大勢の中の唯一人の味方に、女の子は思い切ってすがりついて来たのだろう。

「どれがいいかな…これかな？　こっちかな」

首をかしげて問いかけると、にっこりとうなずいた。「ハイ、どうぞ」と言って渡した。女の子は絵本を両手で抱えると、一目散に母親の方へ向った。全身に喜びを表わしている。その動作が、何とも可愛い。長い時間をかけて、漸っと望みが叶ったのだ。女の子は母親の前へ行くと、それを差し上げて見せた。

「よかったね、オバチャンにありがとう言ったの?」

女の子は、コックリとうなずいていた。

大黒さん

私の家には、大黒さんをお祀りしている。阪神大震災から、私を守って下さった。あの状況の中では、そう思うのが一番自然だ。この大黒さんとの係わりは、三十何年前になる。

その頃、私は外人家庭のハウスメイドをしていた。その一家が祖国に帰ることになり、不用品を部屋の隅に積み上げた。その中に、瀬戸物の大黒さんがあった。高さ三十センチ位の、俵の上に乗った座像である。私は、それをゴミと一緒に捨てるに忍びなかった。

十年程で外人家庭の仕事を止めて、ある社員食堂へ勤めることになり、アパートに住んだ。戦死した夫の三十三回忌に、遠い郷里の父を、夫の生家へ伴ったことがある。一日では行けないので、私の所へ泊めた。部屋に入って来るなり、父は言った。

「大黒さんを祀っているのか、えゝことじゃ。嬉しいことじゃ」

翌朝、私が目を覚ました時には、父は棚の大黒さんの前で、般若心経を誦していた。それまでは祀るというのではなく、棚の上に安置していただけだった。父は住職ではないが、仏道に仕える人だった。父が丁寧に礼拝したのが、家の大黒さんの入魂式だ、と私は心の中で定めた。今迄のように、いい加減なことは出来ない、と神妙な気になった。

ある公社の人が来られた時、雑談しながら尋ねられた。「大黒さんを祀る宗教ですか」と、いいえ、宗教ではないのですが、と其のいきさつを話した。株屋で知り合った友人にも、同じことを問われた。私の返事に「ああ、それで貴女の株は、調子がいいのね」と、勝手にきめつけていた。家の大黒さんは、人の心を引きつけるようだ。

彼女の知人にも、拾い上げた仏像を大事にして、商売繁盛をした人がいた、という。同じように思ったのだろう。彼女が羨む程の利益は上げてなかったが、まああの成績は、やっぱり大黒さんのご加護だったのか。彼女は株屋で、会う人ごとに言いふらしていた。

私は黙って、笑っていた。

あの大地震の朝、大黒さんは枕元の整理箪笥《だんす》の上に、お祀りしてあった。真っ暗になった部屋が、激しく揺れて、物がとび散るなかで、いつ大黒さんが落ちたのだろう。見つけた時は、ガラスの破片や人形達の中に転がっていた。私の頭に当ってもおかしくない場所だった。「大黒さんが、守って下さったのだ」

私の身内の人達は、皆そう言う。彼等の顔が、私の目には大黒さんに見える。

階段の灯

目が覚めた。北側の窓が明るい。ゆっくり寝返りをうち、這って隣の部屋へ行く。隣室の整理箪笥の上の置時計は、五時前だ。

這うという動作も大事だ、と聞いたことがある。だから、未だ身体が半分眠っているような時は、這って動く。急に身体を動かして、ぎっくり腰になったら大変だ、との恐れもある。神戸にいた頃、グループの一人がそれになって、二回も入院した。いずれの時も、二カ月近い期間だった。私も一度、危いと感じたので、身体を動かす時には用心する。

今朝は雨が降っているので、いつもより暗いが起き上った。階段の灯を消すためである。私は階段の灯の番人だ、と一人できめている。先日、隣町の弟の家で、雑談の中でそれを喋って、笑いの渦を巻き起した。

「ご苦労さまなこと。頼まれもせんのに」

と、派遣のヘルパーさんの言葉に「そうよ、お節介やきだから」と答えた。本当に、頼まれもしないことをする自分に、呆れる。

私がこのことを始めたのは、三月の初旬だったろうか。二月の七日に入居した。震災地から引っ越して来て、心身共に疲れている上に、風邪も引いていた。生活用品は不備だし、夕方は早くから戸を閉し、朝も外へ出るのは遅かった。階段の灯に関心を持つようになったのは、ある夕方、書留郵便が届いた時だった。局員が「暗いな」と言った。階段の電球が切れていたのである。

灯がつくようになってから、私は夕方になると、外を見廻した。どなたが階段の灯を管理しているのか知らないが、三階から上へ帰る人は困るだろう、と点した。翌朝、外をのぞいた時は、勤め人は出かけた時間のはずなのに、灯は点ったままである。私はその場で、今日から私が番人になろうと決めた。そこには義務と、責任が伴うことを、内心ではうっとうしく思いながら。

こうして私は、余計な仕事を自分から背負う羽目になる。始めた限りは、やり通すのが私の性格だ。「女の一生」という芝居の、女主人公が「自分で選んだ道だから」というセリフを時々思い出す。神戸のアパートにいた時は、トイレ掃除をそこを出るまで続けた。文化住宅に移ってから十七年間、ゴミ収集日の近所の道路掃除を、大震災の日までしていた。

ここに来てからも、ゴミ袋を出した序《ついで》に、その辺りを掃くことにしている。自分で始めたことだから、支障のない限りは、こっそりと続けていくつもりだ。

月下美人

襖の開けっ放しになっている弟の病室をのぞいて、「お早よう」と声をかけた。ベッドの上の彼は、動く方の左手を軽く上げた。

私はテーブルの側へ、提げて来た紙パックを置いた。中には鍋が入っている。すじ肉の煮込みを持って来たのだ。震災の神戸から引っ越して来て、弟の家に近くなった。バスで二十分余りだ。義妹も脳卒中の後遺症で、半身麻痺の身を捩るようにして、家事をやっている。せめて一品でも食卓を賑わして、との気持ちで手作りの物を、みやげにする。

いつもの椅子へ腰を下ろすと、弟は未だ手をあげたままで、手招きしている。寄っていくと、ベランダの方を指差した。そこには赤い月下美人が咲いている。誇るような華やかな二輪に、私は感動した。茶色になって折れ曲り、ようやく息をしている状態の茎に、あんなにも見事な花を咲かせている。

「よかったね。きれいに咲いてくれて」

弟は、うんとうなずいた。

何日か前のことだった。ベランダの洗濯物を籠にたたみ込んでいたら、ガラス越しに弟がこちらを見ていた。掛けていたシーツが二人を遮っていたのだ。「有難う」と、その唇が動いて、左手の指で下を差した。彼は其処に、貧弱な茎ながら、月下美人の小さな蕾を見つけていたのである。その中の二つが咲いた。

この花が月下美人と聞いた時は、意外な思いをした。私には月下美人は白い花、という思い込みがあった。グループの人が何人か、歌に詠んでいたからである。それに深夜に花が開くというのが、一層神秘的な想像をかきたてた。一度その花に出合いたいと願っていた。弟の所へ来て下さるヘルパーさんも、赤い月下美人は初めて見た、と話していた。

何年も寝たきりの弟には、マンションの五階から、ガラス越しに見える外界の景色が、楽しみなのだ。遮る物がないので、遠くまで見える。人手を借りての施設での入浴、同病の仲間等との交流等、月に四回は外の空気に触れる。義妹の方が、弟より二年、先に倒れた。弟夫婦が半身麻痺になって、十五年が過ぎ去った。何年に一度しか訪ねてやれなかったが、今は週に二回は顔を見に行く。五カ月の間に、弟の内面の快復ぶりが私には分かる。

弟との会話は少ないが、隣室で義妹との他愛ないお喋りを、快く聴いているだろうと思う。もっと居りたい気持ちを払って立ち上り、弟のベッド越しにもう一度花を見て、「さよなら」と手を振った。

可愛い思い出

新聞の投稿欄で、町の駄菓子屋のことを書いた一文を読み、遠い日のことを思い出した。私の郷里には、よろず商いの店が何軒かあった。その中に同級生のMさんの店があり、奥行の深い平屋建ての家だった。そこは食品類だけの、小ぎれいな店だったと思う。滅多に行くことがなかったので、記憶が淡い。小父さんも小母さんも、農村には似合わない人に見えた。一人息子のMさんも色の白い、可愛い顔をしていたが、教室内では目立つ存在ではなかった。

ある時、弟が「姉《ねえ》がMさんとこへ嫁に行けばええのに。そしたら菓子が一杯喰えるのに」と、言った。私が小学校の二年生になっていただろうか。その位、農村の子供には菓子は高嶺の花であり、日常では親から小遣を貰うことはなかった。盆、正月、祭等に、やっと自分で行って、好きな物が選べた。たまに親が与えてくれる物より、そちらが随分と楽しく、また大きな価値があった。

私は顔は良くないが、勉強は出来た方で、小学校の八年間、優等賞と出席賞を貰った。八年間で両方を受ける生徒は、少数だったと思う。私も人並に異性への関心はあったが、Mさんにはその気はなかった。高等科の卒業の年に、常だったら大阪方面へ旅行したが、私達は近い弓削《ゆげ》島へ行った。何か理由があったのだろう。その時の思い出が温かい。

商船学校の裏の海岸で、私は一人で海を見ていた。白砂青松という言葉そのままの景色で、熱海の海岸もこんな所かな？　と感慨に耽っていた。私は、兄が青年会の図書室から借りて来る本を、盗み読んでいたから、『金色夜叉』のことが頭にあったのだろう。気がつくと、Mさんが近くにいた。にっこり笑った顔の笑くぼが印象的だった。私も笑み返したかも知れない。私にも深い笑くぼがある。何年ぶりかでMさんに会った時、その変り様に驚いた。満州から引き揚げて来て、故郷にいた時のことである。同窓会をやることになった。全員が昼間から集まったが、ニコヨンに出る私は、皆の好意に甘えて夜になって出かけた。会場はMさんの宅であった。表座敷は、八畳と六畳続きの新築で、彼は村会議員を務めていた。体格も堂々として、色白の美少年の面影は消え失せていた。

病気の後遺症で半身麻痺になり、さらに寝た切りになった弟は、あの時の無邪気な言葉を忘れているだろう。その言葉と共に、弓削島でのMさんの笑顔も忘れられない。

女の会話

受話器を置いてから、言い忘れたことに気付いた。

明日、鎌倉の寺で施餓鬼法要があるので、義弟夫妻とお詣りすることを、早くから約束していた。こちらの施餓鬼には、初めて列席するので、時間やら、服装のこと等を問い合わせた。私は、神戸とは近い奈良の薬師寺へお詣りして、お写経をすることで先祖の供養を続けて来た。毎年、施餓鬼にも出かけた。

横浜へ疎開して来たのは、震災から二十日程過ぎていた。風邪が長びいて、一カ月余も体調が戻らなかった。春の彼岸に彼等と一緒に、墓参することが出来てホッとした。離れていると、会う度に迎える側は、食事に気を使うことになる。今度は近くなったのだから、家族のつもりで扱ってくれることを願った。

お昼食は、手作りの普段着のもてなしであった。汁物、青菜のおひたし、野菜の煮物とかますの干物だった。「ああ、これでいい」と安心して箸を取った。神戸から出掛けた時は、大抵お鮨を出されたものだった。かますの焼物が旨かった。おいしいを連発し、義妹のお手並みをほめながら、食事を終えた。これからは、こうして欲しい、と私は言った。

電話で「こちらで昼食をすませて、出かけましょう」と言われたが、なるべく世話をかけたくない。しかし行事が終るのは、遅くなるという。久し振りに会うので、お喋りもしたいし、午前中に出かけることに決めた。午後になり、時間を見計らって電話した。

「……さっき、言い忘れたので、私、明日のおひるに、そうめんが食べたいわ」

「そうめん？　お義姉さん、カレーは嫌いですか？　どうかしらと思いながら……」

「好きですよ。でも明日は、そうめんが頂きたいわ、賑やかに。持って行きますから」

「ハイ、分かりました。そう言って下さると、やり易いです。そうめんは沢山にありますから、持って来ないで下さい。本当にね」

何か、彼女のホッとしたような感じが、その声から伝わって来る。カレーのつもりだったのか。もう、鮨のことを考えなくなり、お互いによかった。

田舎流です、とゴマのたくさん入ったつけ汁が出た。茹でた豚肉を入れたサラダの大盛りが、彩り鮮やかに食欲を誘う。いつもの倍程の量のそうめんが、のどを走り抜けて落ちた。お代りをどうぞ、と言う義妹へ、手を振って答えた。「もう、立ち上がれませんよ」

神隠し

この団地を経由して、綱島駅へ行くバスの停留所に神隠しという地名がある。

この辺りには、未だ昔を偲ばす自然が沢山残っている。バス路線の両側には、森や竹林が連なっていて、その裾は何メートルもの高さのコンクリートの壁が随所にある。丘陵地に展けた町であることを物語っている。しかし、この神隠しの辺りだけが、特殊な地域とも思えないが、大昔にこの地名の起因になる事件があったのだろう。

私の故郷は、瀬戸内海の中程にある島だ。私達の集落では、人が突然に理由なく消えた時には、「狸にだまされた」と言う。神隠しという言葉は聞いたことがない。狐はこの島には、いないものだとの思い込みがあったらしく、狐にだまされるとは言わなかった。ある時、父から狸にだまされた女の人の話を聞いた。

村の祈祷師というか、山伏しというのか、幼い私には近寄り難い人の嫁さんだった。私がその人を知った時は、老女だった。目が吊り上って、頬がこけて顔色の悪い人で、私は恐怖感を抱いた。あの老女が、狸にだまされても、不思議ではないと思った。狸が人をだます時には、肩に乗って両手でその人の目をふさいでいる、と父は話していた。

そういう人を探す時には、大声で名前を呼ぶことだ、とも言った。当人が後日、話していたのを聞いてのことらしい。「村の衆が、ぞろぞろとわしの前を通るのに、誰も名前を呼んでくれなかった。呼んでくれたら返事をしたのに」と。バス停の標識で、神隠しの文字を読んだ時に、咄嗟にこの話が浮かんだ。阪神大震災でり災して、この地に引っ越してから半年が過ぎた。この頃、物忘れが一層進んだ。地震のショックでしょう、と周囲の人々は慰めて下さる。ここに置いたと思う辺りを、丹念に探し廻るが、見当らない。こんな余計な物があるからだ、机上のものを投げることもある。探し疲れてあきらめる。翌日になってそれが見つかると、年齢の故か等と、悲しくなったこともある。

ある日、それまでこだわっていた老化現象という気持ちを、うまく交すことが出来た。その日もバスに乗って綱島の弟を見舞い、神隠しを通って帰って来た。そこを通過する一瞬、私は眠っていたようだ。私に変化が起ったのはその時だろう。今では、探し物が見つからない時は、神隠しだと思っている。この地名が、時には私のストレス解消語にもなる。

今日も可愛い鋏が神隠しにあっている。

私のサラダファン

先日、郷里から野菜の宅配便が届いた。主な物は、玉葱と馬鈴薯だった。

弟の家へ「分けましょうか」と電話したら「私は今の所、何も出来ないからお義姉さんどうぞ」と、義妹が答えた。「じゃ、何か作って届けるわね」と言っておいた。彼女は馬鈴薯は好きだから、肉ジャガでも作るだろう、と思ったのだが。あの身体では、台所仕事は思うに任せないだろう。時々、手作りの総菜を押しつけがましく持って行く。

今、弟は入院している。今日、義妹と病院へ行くことになり、やって来た。昨日は急に思いついて、ジャガいもの賽の目の冷凍を作り、ポテトサラダを作って届けた。

「お義姉さん、昨日はごちそうさま。あのサラダ、私一人で頂きました」

彼女の言葉に、「ホウーそれは、それは」と内心驚きながら、「ああ、そう」と、うなずいた。かなりの量だった。

以前に持って行った時と同じことを言う。

「お義姉さんのサラダは、何でおいしいの？　玉葱が入っている故かしら…私には細かく刻めないから」

とにかく相手が喜んでくれれば嬉しいものだ。昨日は薯が堅茹でになったので、仕上げるまでに時間がかかったが、味は悪くないと思っていた。義妹も私のサラダファンになった。これで私のサラダファンは二人になる。もう一人は、昨年亡くなったボーイフレンドである。彼は、自分の兄は一時期、料理屋をしていた、と話していた。そこの板前さんから、料理の味付のこと等聞いていたらしい。友人達とよく飲み歩いてもいた。彼がポテトサラダを食べた時に言ったものだ。「あんたのサラダは絶品だ」もうその声は、遠いものになった。

私は外国人の家庭で、十年間食事作りをして来た。ポテトサラダは一番作り易い。仕事を退いてからもよく作って、隣町の甥が来た時は、肉料理にはつけ合わせた。彼は口下手だから、うまいな位に言って、私が驚く程の量を一度に口へ放り込んでいた。あれでは、味も何も分からなかったろう。

義妹の言葉に、もっと大勢の人に食べて貰えばよかった、と一寸口惜しい思いもある。姉も妹もない私には、震災で長い間住み慣れた神戸を離れたから、こうした体験もする。

これからは、たくさん作った時は、知り合いへ届けようか、などといい気なものだ。

立ち読み

映画館を出ると、また降り出していた。折角、伊勢佐木町まで来たのだから、と強引に友達を誘って、有隣堂へ行くことにした。雨の中もいとわない気持ちにさせるものがあった。五十余年前のことが、温かく思い出される。夜、店が閉まる迄立ち読みしたが、一度も怒られたことはなかった。店先の、人の邪魔にならない場所で、豊かな気分で時を過ごした。読んだ本のことなど、特に記憶にはないが、一つ嬉しいことがあった。自分の名前が活字になって、ページの隅の佳作者名の中に見つけた時だった。

友人のいない私は、渇いた心を癒すために、本屋に出入りした。投書したくて、その欄のある雑誌類を探した。その場でメモをするのは、さすがにひけめを感じて、投書規定を頭に刻みつけて帰る。そんな日々の中で、初めて活字になった自分の名前を見て、胸が波打った。ペンネームだから、同姓同名はいないだろう、と思った。『受験』という雑誌だった。当時、私はキリスト教の矯風会の施設で、世話になっていた。そこから有隣堂は近かったのだろう。店の人から見れば、立ち読みは邪魔な存在だ。風采の貧しい少女だが、別に悪事を働きそうにも見えないから、と大目に見てくれたのだろう。あるいは、女の子の立ち読みは珍しかったのかも知れない。


私はいつも、店の人達には感謝していた。側に来ても逃げなかったし、黙って頭を下げた。いくらか心の負担が軽くなるのは、文房具を買う時だった。立ち読みの女の子であることを、はっきり分かるように顔を上げていた。その立ち読みも、どの位の期間だったか。

私は東京の工場へ就職した。そして何年か過ぎ、結婚して満州へ行った。

引き揚げ後は、あちこちと移り住んだ。消息不明だった夫は、延吉の収容所で戦病死していた。永住の地になると思っていた神戸を、地震のために去ることになった。横浜には、可愛がってくれた叔母、教えを受けた立派な婦人もいた。だが、この地へ転出を決めた時、一番先に頭に浮かんだのは、何故か有隣堂だった。その店へ遂にやって来た。

ゆっくりと店内に入った。何も買う予定はない。唯一途に来たかっただけだ。あの当時の優しい店の人達は、もうここにはいないだろう。一階にも、吹き抜けで見渡せる二階にも、大勢の人達が本を開いている。

私はその群衆の中に、遠い日の夜ひっそりと、立ち読みしていた自分の姿を重ねた。

ラッキョウ

私は、酢の物は好きな方ではない。

ある午後のテレビを見ていたら、ラッキョウのことを話していた。毎日、四粒ずつ四カ月食べると、ドロドロの血がサラサラになるという。私の血は、どんな状態か知らないが、サラサラの清らかな血は、いいことに違いない。四カ月というのは、身体中の血が一巡する時間だという。医師の表現では、何と言われたか知らないが、要約しての記憶だ。

その日から始めたことを、日記帳に書き込んだ。終りになる日も、その枠外に記しておいた。私は日常生活を経済的にと考えるので、一度買った店の品と値段を、よく比較する。どちらが買い得か、味は、等々自分なりに計算する。大粒の物、小さい花ラッキョウを売る店、とまちまちだ。同じように四粒は、おかしい。大粒のものは二個にしよう。

遊びや、夢中になれるものがある時は、時間の経つのが早いが、計画をこなす一日は、長いものに感じられる。病人が服薬するのとは違うから、忘れ勝ちになる。気儘な独り暮しでは、尚更のことだ。それで朝食に食べることにした。小皿に入れて食卓に置く。皿数が殖えると、目にも楽しいものだ。好きではないラッキョウも、満更ではない。

朝食がパンの時や、コンフレックスの時はうっかりする。後で気付いて、昼食に出したり、夕餉の時に、途中で立ち上がってラッキョウを迎えに行く。何とか一カ月が過ぎた。未だ一カ月か、と呟いた。この後、続くかな…と不安になる。計画したことは、滅多に投げ出さない性格だが。問題が起こった。

三カ月目の半ば頃に、義妹と姪の三人で北海道旅行をすることになった。約一週間である。持って行こうにも、適当な容器がない。汁が洩れて衣類を濡らすと、後が面倒だ。その分だけ日数を延ばそうか。一週間の中断で、効果が失くなるのなら已むを得ない。又、やり直すか。それにしても、四カ月は長い。

ホテルの夕食の時に、その話をした。

「伯母さん、ラッキョウあるよ。ホレ、これラッキョウよ」

指先程のもので、両端を赤紫に染めて、つまようじで連ねてある。

「へえ、これラッキョウなの?」

私は甘い串団子かと思っていた。乾いて、味も分からない様な代物だった。

十月九日の朝、四粒のラッキョウを食べて、一つの計画が終った。私の血は、どんな風に変わったのだろう。

箱根駅伝

私は箱根駅伝のファンである。もう長いこと、テレビで、ラジオでも楽しんできた。だから正月の楽しみの一つである。一度、本物に接したいと長年望んでいる。神戸にいた頃、女子マラソンと、車椅子に依るマラソンを見たことがある。前者は、三宮の陸橋で、後者は、家の近くで小旗を振って声援した。スポーツ選手の闘う姿に、私はいつも胸が熱くなる。自分に出来ないことへの憧れか。

年末から年始にかけての、日々の生活は、私の嫌いな時季である。余裕が持てるようになったら、その期間中は何もしないで暮らしたい、と過去に幾度も思った。その夢が一度叶った。何年か前だ。旅行社が計画した、大晦日から正月三日までを、ディズニーランドで過ごすツアーに参加した。その年は、駅伝のことはすっかり忘れていた。

思いがけなくこちらに住むことになり、今年は箱根駅伝を生で見られると、ほくそ笑んだ。地元に関係のある、この大イベントを見なくては、正月が終らないと、いっぱしの浜っこを気取っていた。この町から一番近くで見られる場所といえば、鶴見の中継所である。そこへは、東急線の綱島駅へ行けば、バスが運行している。

早くから計画していれば、簡単に出来ることが、相手がいないと私は引込み思案になる。二日の朝になった。元日は、入院している弟を見舞った。今日は年賀にお伺いする家があるので、先ずそれを果たしたいと思った。選手達が、読売新聞社前をスタートした画面を見て、腰を上げた。ぐずぐずしていたら、知らぬ間に時間が流れる。

三日の朝、予定通りの家事を済ませた。今から鶴見へ出かければ間に合う、と思ったが実行出来なかった。神戸へ帰ってしまったMさんがいたら、念願を果たしただろう。彼女は行動派である。よしっ、来年こそ鶴見へ行こう。年頭で、来年のことを決める気の早さを、自分で笑いながら、復路の情景を映すテレビを見ている。

来年のそれまでには、道連れを探しておこう。小旗を振って、精一杯の声援をしたい。私の身内には、こんな晴れがましい舞台へ出られる者はいない。他人様にでもいい。応援出来るのは嬉しいことだ。画面では早大と、中央が先頭を争っている。私は早大を応援している。いささか関わりがあるのだ。

早大が勝つと、一緒になって「都の西北、早稲田の杜に」と、口ずさむのである。

春の一日

夜になって万歩計を見たら、一万二千の数字を示していた。今日はよく歩いた。あの失敗が、いい運動をさせてくれた。

阪神大震災で、一時入居していた市営住宅の期限が来て、正式に入居の手続きをすることになった。必要書類が届き、住民票の請求に区役所へ行った。今朝、流し元で「ハンコを入れておかなくちゃ」と、ふと思った。手を拭いて居間へ行くのが面倒になった。それっ切り、印鑑のことは頭から消えた。

区役所で用紙を手にした時、その大事な忘れ物に気付いたのである。とにかく急いで建物を出た。地下鉄の駅までは、長い歩道橋を挟んで一直線である。両側を見下ろしながらの散策も、悪くはないな、とゆっくり歩き始めた。用件は整わなかったが、いい刺激になった。

白いコートで、春を装っている。ずんぐりむっくりの体型は、ごまかせないが気分はルンルンだ。大失敗をして、家に帰ろうとしているのに。今日は珍しい好天気だ。急ぎ足の時は汗ばんだ。駅の近くで、路面の張替工事をしている人達の中に、汗を拭いているのも見える。この道は区役所への通り道だが、今日は会う人は少ない。

一度家に入ると、さすがに直ぐ出かける気持ちになれない。明日にしようか、と怠け心が起こる。しかし、と自分の強い気持ちが出て来た。今日のことは今日片付ける、というのが私の信条だ。昼食をして、又出かけることにした。今朝のことが思い出される。あの時にすぐ行動しなかった後悔。よっし、この愚は繰り返さないぞ、との思いを胸に刻んだ。

家を出る時、歩いて行こうかと考えた。あの工事の人達に顔を見られるのが嫌だ。「あのオバサン、一日に二度も区役所へ行ってるぜ」と、仲間同士で笑うかも知れない。バス道を行けば片道四十分かかるだろう。考えとは反対に、足は地下鉄の駅へ向かっていた。

電車に乗れば一駅である。敬老パスを頂いているから、こんなウッカリも許される。若い人は慎重に行動するだろう。二回往復すれば八百四十円の出費になる。

用事をすませて区役所を出ると、予報通りに曇って来た。春の天気は変化し易い。この空模様では、明日は雨だ。自分に勝って、計画通りに動いて本当によかった。無性に嬉しくなった。

私の一生は、失敗しながら学んでいくのだろう。日記の終りに「今日は充実した一日だった」と記した。

Y子さん

老人会の春の旅行で、長野県の横谷峡という所へ出かけた。一泊二日の小さな旅だ。

六人が同室になったが、三人は未知の人だった。その中に手話の人がいた。バスの中や、途中休憩の時は気付かなかった。ホテルの部屋に入り、卓を囲んで寛いだ時に、ああ、そうだったのか、と胸の中でうなずいた。近所だという婦人が、通訳をしてくれる。相手が理解していないと気付くと、書いて見せていた。時折、簡単な言葉が出ているので「この奥さん、声が出るんですね」と、うっかり言ってしまった。当人には聞こえていない様子だ。後天的の障害ですから、と答える通訳さんに「だんなさんも同じような人ですか」と、一人が尋ねた。「そうです。でもいい家庭で、お孫さんもいるんです」と、話してくれた。

湯呑のお茶が冷えた頃、手話の人は立ち上って、洗面所で洗って来た。そうしてお茶を淹れ替えた。体格もいいし、イヤリングをつけている。表情も明るいし、顔を見ただけでは、誰も健聴者と思うに違いない。周囲からも好感を持たれているだろう。

手話の人はY子さんという名前だった。彼女は再度立ち上がって、鞄から柄の付いたペロペロ飴の束を出して来た。結びつけてある鈴がチリンチリンと鳴った。星型の一個、一個セロハンに包んであるのを、一本ずつ渡し始めた。お孫さんのお土産になさいよ、との皆の言葉を手で払いのけて、皆に渡し終えると、もう一束を出して振ってみせた。

昇仙峡の滝もコースの中にあった。Y子さん達は既に到着していた。石段を降りながらふと見ると、通訳さんがカメラを構えている。対象はY子さんである。私は慌ててその場を避けた。Y子さんがサッと寄って来て、私の肩をむんずと摑み、ぐいぐいと身体を引っ張る。私を友人と並ばせ、自分が後ろに立って、二人の肩へ手を置いた。どんな写真になるか。

旅の終りが近づいた。バスを降りて信号を渡る人達に続いて、私も歩を早めた。舗道で別れた友人夫妻や役員さんが、それぞれ我が家へと散って行く。私は立ち止って、Y子さん達を待った。二人は一足遅れて信号に引っかかった。漸く近づいた時、通訳さんが私を指差して、Y子さんへ顔を向けた。

「貴女にお礼を言うために待っていたのよ」と話した。通訳さんは私の気持ちを読んでくれたのだ。私は覚えたての「ありがとう」の仕草をした。Y子さんは、ううんと声を出し、そして笑った。

楽しい買い物

「ハイ、お待たせしました」店員は頭を下げながら、篭を引き寄せた。

生菓子が四個入ったプラスチックの箱を、レヂの上に載せながら「お茶を淹れて、おいしいお菓子で…いいですね」と、愛想がいい。

「甘い物大好き人間ですから…余り食べるとよくないと言われるんですが。ついね…」

「でも食べられることは結構なことです」

物が豊かな時代。欲しいと思えば買える懐具合。食べられるという健康。何も彼もひっくるめての言葉だろう。

「そうですよねえ。本当にその通り…」

買物客と店員との会話は少ない。私は人と言葉を交わすのは好きな方だ。店員との会話があれば、買物が楽しくなる。衣類売場では、時たま店員に見て貰うことがある。義理堅い性格なので、相手に無駄骨を折らすことは、滅多にない。こちらを見くびっていると、啖呵を切る。「心配しなさんな。汚し賃位は必ず出しますよ」途端に相手は、ビクッとする。愛用しているジャケットは、十数年前に神戸の三宮の、センター街で買ったものだ。あの時の女店員は感じが良かった。私は自分の容姿を考えて、地味な色合い、シンプルなデザインの物を選ぶ。サイズが合って、値段が気に入れば良しとする。今着ているのより上等だし、色もベージュで明るい。値段が高いのも仕方がない、と納得した。

店員が、つかず離れずの応待ぶりもいい。

「この品に決めます。もう他の店には行きません。貴女の言葉が気に入りました」

女店員は、箱に収めながら言っていた。「嬉しいわ、初めてお客さんに褒められた」と。その身体全体で、嬉しさを表現していた。気持ちよく買った品を、私は大事に着用した。

当時の私は、それを着て何処へ行っても、恥ずかしいという気はなかった。短歌のグループにいたから、金持ちの人は一段と華やかな高価な物で装っていたが、私は「自分はこれで十分だ」という満足感があった。あの店員とのひとときの感情が、品物を一段上等なものに思わせていたのだろう。

かの大震災後、避難所生活の十九日間、私はずっとそれを着ていた。こちらへ移転する時、荷物の中へ入れた。去年の冬も、今年の冬も、あの思い出と共に、身体を温かく包んでくれた。先日手入れをして、大事に納った。まだまだ何年も着るつもりだ。
久しぶりに会話のある、楽しい買物をして、帰りの足どりが弾んだ。

ど忘れ

先日、神戸の友人に便りをした時、知人の一人を「あのおばあさん」と書いた。彼女は六歳年上で、毎朝公園で運動をしていた仲間である。あの大地震から会っていない。

小柄な体型も、明るい顔も脳裡にはあるのだが、いくら首をひねっても、名前が浮かんで来ない。何ということだ。こんなに呆けたか、と嘆いた。名前を忘れたのでと書き添え、本人には内緒にしてと頼んだ。

それを投函した日の夜半、ふと目覚めた時に思い出した。香田さんだった。でも思い出せてよかった。後になっても思い出せるうちは大丈夫、と聞いたことがある。痴呆の始まりか、一時的なものかについてだ。昨日も又、同じ状態に落ち込んだ時間があった。英語の色を表わす言葉が、どうしても思い出せなかったのである。

今の社会では、色のことを言う時に、原色の他は英語で言う方が通りがいい。日本語では長い言い廻しになったり、若い人には理解し難い場合もある。人と対話している時なら、手近な物からその色を探して指差すだろう。それで話の広がる時もあり、見つからなければ、プッツンとなり、他の話題に移る。

文章の場合は、そこで行き詰まる。次第にイライラして来る。仕方なくそこを空白にして書いていると、喉の中程辺りで、何かうごめいている感じだ。その場所から出ようと踠《もが》いている様子、何かにひっかかって動きが止まった。よく言葉に詰った人が「ここまで出かかっているのに」と、喉を指さす人がいる。その通りの状況におかれた。

焦るまい、と呟いてペンを進めていた。暫くして「ベージュ」という言葉が口から滑り出た。喉で動いていたのは、これだったのだ。ベージュ。そうだ。この言葉だったのだ、私が探していたのは。よくぞ出て来てくれた。私はすっかり嬉しくなった。出産した母親の気持ちかな?。私は経験はないが、出産に立ち合ったことはある。その心境を想像した。

ベージュ。ベージュ。私は唄うように言った。忘れないで、脳の中に刻み込んでおかなくちゃ。ストッキングは、いつもベージュを買うのに、どうしてその言葉が出て来なかったのだろう。でも今度は早く思い出せてよかった。指運動が効を奏したのかな? と呟いた。

いつも何気なく「ど忘れ」という言葉を使って来たが、このまま思い出せないで、時間が過ぎたら、恐ろしいことだ、と痛感した。

可愛い出会い

後の方で「バーバ」という声がした。すぐ前が曲り角になり、右手に小さなマンション、左側には小さな郵便局がある。最近開けた町の入口で、振り向けば森になる。

いま出会ったばかりの若い母子の他には、人影は見えなかった筈なのに、と思いながら好奇心で振り返った。いつものくせである。そこは三叉路になっている。森の裾へ入る経《みち》の手前で、先程の坊やがこちらを向いて手を振っている。他には誰もいないので、私を指さしているらしい。当人は「バイ、バイ」と言っているのかも知れない。

三歳位だろうか。そのしぐさが可愛い。私は笑顔を作って、バイ、バイと言いながら手を振った。歩きだそうとすると、又「バーバ」の声。私は、きちんと向き直って「バイ、バイ」と手を振る。可愛い手が盛んに動くので、私も応える。母親も急《せ》かすでもなく、じっと立っている。おおらかな家庭生活が伺える。

坊やは「バーバ」と一段大きな声で言うと、漸く納得したのか、くるりと背を見せた。母親が、こちらへ顔を向け軽くおじぎをして、坊やの手を取った。私も返礼して歩き出すと同時に後悔した。この母親に、出会った時に挨拶しておけばよかった、との思いだった。

この場所に辿り着くまでに、公園で出会った人達に「こんにちは」と挨拶したが、何人かはジロリと見返しただけだった。この若いお母さんからも、同じ仕打ちを受けるかも知れないと思った。母の手にぶら下っている坊やの喃語が可愛く流れてくる。こちらを向いた坊やと目が合った。笑顔を見せると、坊やもニッと笑った。それだけの出会いだ。

坊やはお母さんに何を話していたのだろう。幼い子の話し方は面白い。言葉を知らないから、動作を交えて一生懸命に説明する。私にも、こんな時期があったに違いない。病気勝ちだった母は、若死にだったので、手をつないで歩いた記憶はない。喃語で喋る児に、うなずく母親の姿は美しい情景だ。

あの「バーバ」の声が、自分に向けられていたとは、嬉しい驚きであった。私がもし耳が遠くて、好奇心もなくて振り向かなかったら、坊やは失望しただろう。勝気な児だったら、振り向くまで呼び続けたかも知れない。あるいは腹を立てて、追いかけて来たかも…そんなことを考えると、おかしくなって含み笑いが出た。くっくっくっ…俯いて歩いた。

この町にも、小さなしあわせの思い出が生まれた。

バスの中で

バスが止まり、一人の婦人が乗り込んで来た。彼女はためらうことなく、シルバーシートへ腰を下ろした。ちょっと見には、そんな年齢には見えない。

私も最初はその席にいたが、陽光が差し込むので、向いの席へ移ったのである。買って来た食物を案じてのことだ。予定より一時間も遅れたので、気は焦るし、食物のことに余計な心配が重なる。田舎町のような狭い道を進むバスの窓には、次々と緑が迫って来る。こんな風景が残っている横浜は、さすがに大きい街だと、感心しながら車窓に目をやっていた。

私は、婦人の横の席へ移った。一人の時は何か居心地が悪かった。

「この辺りは未だ、随分と自然が残っていますね」

と、話しかけた。まるで田舎のようだ、という言葉は呑み込んだ。下手な表現をしたら、相手に依っては睨まれる恐れがある。

「そうですね。私は移って来て日が浅いものですから……当初は驚いたものです」

地元の人でなかったことに、ホッとした。

私は膝の上の重い包みを安定させて、親戚の老夫妻を見舞いに行くところだ、と話した。私よりは若い従妹で、脳梗塞で入院していたのが、退院したと人伝に聞いたけれど、今までに行く機会がなかった。八十路の夫君が病人の世話をしているという。それで三人分のお弁当を持って行くのです、と膝の包みを指さした。

「それはお喜びになりますわ」

「そうでしょうか?」

ともかく、一度だけでも食事作りをしないで、楽をさせてあげたいと考えたのだった。

「それは、先方さんは嬉しいですよ。いいことをなさいますね」

婦人の言葉に、こちらが嬉しくなった。他人さまから、こんな温かい言葉をかけられるとは思わなかった。

婦人は、入院しているご主人を見舞いに行く日々だという。やはり脳梗塞で倒れられたとのことで、お気の毒にと同情した。この年齢になると、周囲からの話題は、病気に関することが多い。お慰めしたり、労われたりの会話が続いた。この方にお会い出来てよかった。一期一会の人かも知れないが、また一つ胸の中にきれいな花が咲いた。

婦人とは終点の、バスターミナルで別れた。乗り換えのバスが気になるのか、サッサと降りて行った。

ベルト物語

ベルトを外して、畳の上に落とすとサッと延びた。まるで蛇のような動きだ。昨年二月頃に買ったのだから、まだまだしっかりしている代物だ。万歩計を着けているので、毎日身につける。

神戸にいた頃は、いい物はなかったが、そこそこの数は持っていた。あの地震で全部失くした。一本だけ手許にあるのは、その数日前に、三宮の駅の構内で買ったものだ。巾広のファッション性の品で、平常は使い難い。

ベルト一本買うために、わざわざバスに乗って、隣町へ行くことにした。ベルト売場には、間に合わせの安物はなかった。私には不似合な値段の、黒のを一本求めた。神戸より物価が高いな、と如実に思わせた買物だった。初めの頃は、惜しいような気持ちで、しめたものだった。立った儘見ていると、蛇のような感じが、だんだん真物のように映る。父があの時、薄暗い中で蛇と見誤ったのも、無理はないと思った。

それは三十余年も昔のことだ。当時、私は米国人の家庭で働いていた。その家族が本国へ帰った。次の仕事に就くまでの間にと、田舎の父に伊勢参りを、手紙で誘った。父は旅行好きで、小百姓には身分不相応な程に旅をした。ある時、私が雑誌へ応募して入選し、十万円の賞金を貰った。その時は、前々から希望していた善光寺詣での、旅費を送った。

今度は私が道連れなので、いそいそと出かけて来た。父には二度目の伊勢参宮になる。

故郷は、瀬戸内海の広島県に近い島である。その晩は神戸の旅館へ一泊した。夜明け前に、父の声で目を覚ました。どうしたの、と聞くと「起きておくれよ、虫がいる」という。百姓の父が虫を恐がるとは？　と不審に思った。父が指さしているのは、私の枕辺の方だ。

「どこに？　どんな虫？」私の問いに、長虫がいるんだ、と心配そうな声だ。つまり蛇のことを言っていたのだ。さすがに私もドキッとした。蛇は嫌いだ。しかし、何でこんな町のど真中に、しかも二階の部屋に？　私は身構えながら立ち上がって、電燈をつけた。部屋全体を見廻しながら「どこ、どこにいるの？」と、父の顔を見た。

父が指さしていたのは、私が無雑作に置いたベルトだった。私の心臓の鼓動は止んだ。

「そうだったのか？　わしは随分心配して、お前に起きて貰ったんだ。安心したよ」

父は漸く安堵の声を出した。あの旅館も、恐らく崩れてしまっただろう。

一円玉

旅を続けていた一円玉が、我が家へ立ち寄った。というのは、ゴミ収集日の朝いつも通りに、道路を掃いていて拾ったのである。

家にいつまで滞在出来るかは、分からない。一緒に混ぜてしまったから、いつ店先で支払うことになるやも知れない。いっときでも、仲間と顔を合わせたことは嬉しいだろう。こちらに移り住んで、一円玉を拾ったのは何回だろう。いわき市の親戚を訪ねた時、海岸の展望台の下で拾ったことがある。他には、そうだ地下鉄の構内で一個拾った。

大抵の人は、一円玉は拾わないようだ。私は見つけたら拾う。げんがいいのだ。大勢の人に踏みつけられる運命を、拾い上げてくれた人へのご恩返しかも知れない。どこかで、誰かが見ている、それを恥ずかしがって、拾わないのだと思う。しかしこれが千円であり、一万円札だったら、人を突きとばしてでも拾う。

神戸三宮の、山側の銀行の裏手だった。路上に一万円札が落ちていた。脱兎の如く走って行けば、私が拾えたのだ。向うから青年が来た。私と同じ位の距離に近づいた。どうするかと思った途端に、彼は長い脚をサッと伸ばして、靴の下に押さえ込んだ。

その金で同僚と、夜一ぱいやったかも知れない。しかし目の前に、卑劣な行為を見ていた人がいたのだから、その酒は苦かっただろう。でも、そんなことをする青年だから「相手がおばはんだったからな」等と喋りながら、飲んだかも知れない。いや、当分の昼飯代が出来た、とほくそ笑んだかも？　一円玉だったら、あの青年は絶対に拾わなかった筈だ。

いつだったか、団地の端の道路で、車にひかれてペシャンコの一円玉を拾った。通用するだろうかと危ぶまれる代物だった。早く使ってしまおうと思ったが、それを探す時はいつも奥の方に隠れていて、かなり長いこと私の財布に滞在した。

私が一円玉と慎重に向き合う時がある。旅に出る時の、乗物酔いのお呪いだ。左の手首の内側へ、テープで貼りつける。その時、一円玉は私にとっては神様になる。いつから私の乗物酔いの不安が、なくなったのだろう。今では、それをすっかり忘れて旅立つ日もある。そうして平常通りに、日が暮れていることに気付く。私の何かが、改造されたのだ。

私はふと、考える時がある。血管の上に、アルミを密着させることは、何か医学的にも意義があるのかも知れない、と。人は一笑に付すだろう。

臑《すね》が笑う坂

立ち上がる時、トントン膝を叩く。そうすると軽く立てるような気がする。ある時、長い正座の後で、膝が石のようになっていたので、叩いてほぐした。それ以来、時々する仕草である。

十二、三歳の少女の頃、「臑《すね》が笑う、臑が笑う」と言いながら、急な坂道を荷を担いで、駆け降りた姿が目に浮かぶ。あれから六十余年が過ぎた。笑っていた臑が、今は泣いている。立ち上がれば、歩くには支障はないし、別に見苦しい歩き方だとも思わない。今の私だったら、あの坂道をどんな格好で歩くだろう。

臑が笑うというのは、急な坂道を下る時、膝がガクガクする状態を、表現する言葉だ。子供達も好んでそれを使った。誰が言い出したのか、実に面白い言葉だ。いま改めて、昔の村人の感情の豊かさに感心する。その坂道は短い距離だったが、四カ所も折れ曲っていた。一方は高い崖で、気味が悪かった。当時の子供達は、学校から帰ると誘い合って、山へ松葉掻きに行った。私は十歳位からそれが日課だった。深目のモッコに、キチンと荷造りをして、天秤で担ぐのである。途中で崩れないように、荷造りは大切な作業だ。子供の肩には、重過ぎる程の重量だから、苦しかった。坂道が一番しんどい場所だ。

デコボコ道は、むき出しの石が抜けることもある。途中では、肩を換えることが難しいので、得意な肩に担いで、相手の荷に触れないように間隔をとる。いざ坂にかかると、勢いづいてくるので、急には足が止まらない。抜けた石につまずいたり、足がもつれると転ぶ恐れがある。年下の子を中に挟んで、一列に進む。そこを通らなければ、村へ戻れない。

臑が笑う、臑が笑う。その言葉は、励まし合いとも、慰め合いとも受けとれた。今なら、ファイト、ファイト、と叫ぶところだ。現代では、どこの家でもガスを使うから、そんな光景は昔語りになった。何年か前にその坂道を、兄とトラックで下ったが、感無量だった。

その坂道のもう一つの思い出は、崖の端を這う白蛇を見たことだ。尻尾の方だったが、確かに白い蛇だった。他の人も見たというから、そこの主だろう。白蛇を見たらいいことがある、と聞いた。何かの転機に立った時、あの蛇を思い出す。

格別に幸運な人生だったとは思わない。満州から無事に引き揚げて来たし、阪神淡路大震災にも怪我もせずに脱出した。健康に生きていることが、最高の幸せだろう。

お雑煮

今朝のテレビで、お雑煮特集をやっていた。お雑煮という言葉に、私はすぐ岡本かの子の「お雑煮」という作品を思い出す。その頃の私は、岡本かの子をよく知らなかった。故郷の小学校の高等科を卒業して、補習科へ通っていた。その時の国語の本にあったのか、内容が面白くて、暗記する位に読み返した。今でも大体の筋書は覚えているし、所々の文章を口ずさんでは楽しんでいる。それから岡本かの子に興味を持つようになった。

娘時代に、横浜の叔父の家にいたことがある。正月になった。叔父の家の雑煮は、鶏がらでダシを取っていた。かしわに、小松菜、大根等の具に、切り餅を焼いて入れた、すまし雑煮だった。叔父がいそいそと作り上げて「さあ出来ましたよ」と、機嫌よく膳についた。家長が作るのか、と私には珍しかった。

そう言えば、私の家ではおせち料理を父が作っていた。下洗いと火焚きは母の仕事、切り方から味付けは父の仕事だ。父は親戚の冠婚葬祭には、いつも賄方をやっていた。他人様からも、それを頼まれることがあった。だから大晦日の夜は、楽しそうにやっていた。しかしお雑煮作りは、見たことがない。ある大新聞の新春詠に、お雑煮を詠み込んだ歌を投稿して、入賞したことも忘れられない。関西から西日本一帯だから応募数は多かっただろう。選者は三名で、一人が五名ずつ選ぶ。締切に間に合わないと思い、神戸から大阪まで出かけて、阪急前のポストに入れた。その夜、私は随分と悩んだ。
「出さなければよかった。恥ずかしい。あんな歌を。明日、新聞社へ取り返しに行こう」迷いに迷って、結局行くのを止めた。いつも恥ずかしい思いをしているのに、何も今日に限って、こだわるなんておかしいぞ、と、自分を叱りつけた。しかし身の置き所のないような思いが、何日か続いたのだった。

発表の日、投稿のことは私の胸の中から消えていた。紙上でよく見かける人の名前が浮かぶ。どんな歌があるだろうか、と新聞を開いた。十五名の入賞者の中に、私の名もあった。まさか、信じられない!! と呟きながら、その文字を見つめていた。複雑な気持ちだった。

・ここに吾が生き継ぐあかし新春の雑煮を小さき鍋に煮上げぬ

あの時の賞品は、当時は未だ珍しかった、デジタルの置き時計で、裏に社名と、新春詠の金文字が書かれていた。その時計も阪神淡路大震災で、失ってしまった。

夢談義

テレビで好きなマンガを見ていたら、初夢のことを話していた。初夢というのは、正月二日の夜に見る夢、と私は思い込んでいる。だから今年は初夢を見なかった。

初夢に限らず、近年は夢を見ることが少なくなった。初夢の縁起のいいものとして、一富士、二鷹、三茄子と言われている。もう昔のことになるが、そのおめでたい一富士の初夢を見たことがある。秀麗な富士山ではなく、裾野の巻狩の場所であった。それぞれの紋所を印した幕を張り廻らした、陣屋が見えた。

「巻狩だな」と言った自分の声で目覚めた。

夢にも好ましいものと、嫌なものがある。いつだったかテレビの画面で、一匹の蛇が草むらに這い込んで行くのを見た。「オオ、嫌だ」と顔をそむけた。これが夢ならいいのに、と思った。蛇の夢は、私には金運がある。ある時期、株の取引きをやっていた頃、夢の蛇はその値上がりや、売り場を予告してくれた。

昨年の夏、久し振りに蛇の夢を見た。小さな蛇が向うにいる。腕位の胴をした奴が、グッタリとして前を塞ぎ、私は途方にくれていた。目が覚めて「夢だったのか」と、ホッとした。すぐに灯を点して部屋を見廻した。数日後に出かけた遠方の国鉄の駅で、財布を拾った。謝礼の一万五千円と、菓子折を持って訪ねて来たのは、老夫妻だった。

父に幸運を運ぶのは馬の夢だった。昔、村では葉煙草の栽培が盛んであった。きれいに梱包して出荷する時「納めに行く」という言い方をした。個人が勝手に栽培して、勝手に売れる作物ではなかった。納めに行く前の日に、父が話しかけて来た。

「馬がいたが、あちらを向いていたから駄目だよ。大したことはなかろう」

「こちらを向いていればいいの？」

「いいや、喰いつかれたり、飛びかかって来たりするのが、いいんだよ」

父が一番記憶に残った馬の夢は、昭和二十一年九月のある暁方に見たことを、後年私にしみじみと話してくれた。それは私が白馬に乗って家の中に飛び込んで来たというものだった。白馬は神馬として、私達は崇めていた。父の暁の夢は正夢になった。その日の正午に一枚の葉書が舞い込んだ。そこには、満州から引き揚げて来た私が、博多港に着いたことを知らせていた。

私は夢の定義は知らない。夢は見たいと思っても見られるものではない。夢は所詮夢だ。

でも一つ、信じる夢があることは楽しい。

運

ドアの外にいたのは、新聞の勧誘員だった。丁度今月で、講読しているのが契約切れになる。次はチラシや広告の少ない某新聞を、と考えていた。値段も安いと聞いていた。その新聞である。こちらから電話しようか、まあその内に、と思い迷っていた矢先だ。「そうね、入れてもいいわよ。今年一杯」と、一応の線を引いた。気に入ったら続けることにする。今のは強引に頼まれた三カ月契約だ。その前は一年契約だった。阪神大震災で引っ越して来て、とにかく新聞が欲しかった。

彼は喜んで、サービスの洗剤の小箱を、下駄箱に四個載せた。契約書を書き始める。来月一カ月は新聞がない。「ついでだ。一カ月おまけをつけてあげよう。来月から入れて」と言った。七カ月ですね、と弾んだ声を出した。「ヨシ、わしもおまけする」と、ビールの券を三枚出した。洗剤の箱は五個になった。

「運のいい人だ」と私は呟いた。三カ月契約を二軒とる為に、苦労するかも知れないのに、簡単に此方から話を決めた。運がよかった、と相手も喜んだことだろう。空になった紙袋をヒラヒラさせながら、階段を駆け下りた。運とはそういうものだ。偶然に思いがけない所にある。

ある早朝、私はいつものように奉仕作業の道路掃きをしていた。通りかかった人から「この辺に交番はありませんか」と尋ねられた。地下鉄の駅にはないという。私には思いつかない。その男は財布を落としたそうだ。警察へ電話をする金もないのだ。部屋へ戻って、何がしかの金を持って来てあげようか、と一瞬思ったが、おっくうになった。

「お気の毒ね」と、同情はした。生憎、条件が悪い。その日の私は、僅かの時間が惜しかったのだ。男が去った後で運がない人だ、と呟いた。それは自分の不親切を言い逃れる言葉でもあった。これが外出の途中なら、電話料や電車賃なら簡単に渡してあげるのに、本当に不運な人だ。後味が悪かった。

運という言葉で、思い出す話がある。芭蕉だったか、旅の道端で捨子を見かけた。抱き上げてはみたものの、いかにする術もなく、元へ戻して「汝が運の拙さに泣け」と言って立ち去る。どうしようもない立場におかれた、人間の極限の気持ちだ。

野球選手が一本のホームランで、敗け試合を覆すことがある。そんな時に、運がいい奴だという人、運も実力のうちと評価する人。
実力が運を呼ぶのだろうか、と、考える。

歩数計

私の歩数計は、正確ではないのか。それともこの頃、狂ってきたのだろうか。先日、健康体操の教室から帰ったら、一万三千余歩を示していた。内容は二時間程だ。歌ったり、腰を下ろしての動き等の静の動作もあり、十分間の休憩が入る。ダンスはリズムが早過ぎるが、軍隊の行進のような歩行は面白い。往復の距離は、徒歩で約三十分。これで一日分の運動量が充たされている、というのなら嬉しいが、素直に喜べない。正確な数字だろうか、との疑問が湧く。

地下鉄の駅、バス停、郵便局、と大体の歩数は分かるが、予想外の時に疑問視する。昨年の一時期、老人大学へ行った。当番の日の仲間は「バス停三つだから、いつも歩いて来ます」という人達なので、帰路を同行した。ところが、森の中の道までが舗装されており、失望した。私は努めて土の道を歩くように、心掛けている。

何かの紙上で「土の中からは人体に必要な、ビフィズス菌が発生している。だから土の道を歩くといい」という記事を読んだ。それ以来、出来るだけ土の道を選ぶようになった。街の中では無理だが、周囲に自然が残っているこの辺りは、実に格好な場所だ。

この人たちと別れたら、バスへ乗ろうと決めての同行だった。教室では数分間の接触しかない人達と、初めての道を騒ぎながら歩いた。森の中で別れて、出会う人といえば工事中の人か、荷物運搬の人だ。駅の近くでは「痴漢に注意」の貼り紙が目につくので、その恐怖がある。ダラダラ坂を下ると、窪地が公園であったり、未知の町で大発見をした。

逐々バスには乗らないで、記憶のある場所へ出たので歩いて帰った。今日は相当の距離を歩いたので、かなりの歩数を期待したが、七千歩を少し上廻る程度で、予想外れだ。これはおかしい。機械が狂ったのか。それとも苔の生えた道は静かに歩いたので、作動しなかったのか。そんな作動云々の話をきいたことを思い出した。

以前に、歩数計の性能についての記事を読んだことがある。老齢者が競って身につけるようになった時期だったか。十個前後を比べていたが、三百歩で八十歩も差が出るのもあるから、全部が正確とは言えないとの評だった。私のは三千円未満の安物だから、あるいはそんな代物かな、と時々思うのである。値段云々よりも、出来の悪い品物に当ったのだ。

今は散歩に出る時、歩数計よりも時間の方を重視する。

ペンフレンド

大阪のNさんから絵葉書が届いた。気候不順の三月に体調を崩して、五月の連休も家でゴロゴロしている、との文面だった。

彼とは、阪神淡路大震災で知り合った一人である。親子というより孫位の年代で、年齢は知らない。瓦礫の神戸から引っ越しの荷物を運んで貰った、赤帽の運送屋さんである。ボランティア精神で、仕事をしている人柄に魅せられて、文通している。とは言っても年に三、四回で、いつも葉書通信である。

二度ばかり封書が来た。一度は、文楽の頭作りをしている大江己之助さんを、人間国宝にという運動が、関西で起った時のこと。署名して欲しいとの書状に、私も新しい土地で伝手を頼って、十人連名の紙面を満たした。二回目の時は、ガールフレンドと参加している連句の面白さを述べて、すすめてくれたものであった。

私がNさんにいつも葉書を使うのは、若い二人の間に誤解を生じないように、との心配りである。葉書なら誰が見ても差支えない。私も誤配されたものを、読んでしまったことがある。Nさんの女友達も、私の便りを見つけたら、読みたい気持ちが起るだろう。Nさんにしても警戒心を抱かずに、机上に気軽く置けるに違いない、と。

Nさんとは、平成七年の二月三日に会っただけである。交した言葉も多くはなかった。助手席に並んで腰かけていた。六時間程の縁である。その日の十二時前に神戸を出発して、大阪府の茨木市の友人の家へ着いたのが、十八時を過ぎていた。最初はお互いにビジネス的に接していた。この重苦しい雰囲気を、年上の私が打開しよう、と話しかけた。

Nさんは京都の大学を出て、あちこちの外国に友人を持っている。趣味で、ドイツの友人と、舞台で歌ったこともあると話していた。話し合ううちに、なかなかの国際人だと思った。Nさんを紹介してくれたのは、茨木市の私の友人である。彼女も外国人と交流が多い。

それが幸いして、友人の英語の教師の口から、Nさんの名前が出た。Nさんは、むしろ在日外国人の間で、よく知られていたのだ。早速私の許へ通知が来た。当日は節分の夜だ。Nさんは女友達との食事の約束を遅らせても、私への仕事を優先してくれた。私は心ばかりの謝礼を贈ろうとしたが、実費の他は頑として受け取らない人だった。

横浜へ落ち着くと、すぐに礼状を出した。それ以来、おつき合いを願っている人である。

リュックサック

七月に富士登山を予定している。七十八歳にして初めての計画だ。神戸にいた頃は、その機会に恵まれなかった。

グループの指導者から、二週間位の訓練をするとの通知があり、リュックサックを取り出した。あの日から二年半経つが、一度も出してみたことがない。阪神淡路大震災の時の、思い出の品であり、厚い友情の記念の宝物として、終生残しておくべきだ。今頃になって、それに気付く自分が恥ずかしい。

あの災害に遭わなかったら、このリュックサックを手にすることはなかっただろう。彼女の厚い友情も、生涯知らずに終ったかも。私たち二人の出会いは三十年前に、アメリカ人の家庭で、一年間一緒に働いた時だ。英会話を習いたい、という希望で新聞広告に応募して来た。一般のOLならとにかく、住み込みの仕事は、ご家族は大反対だったに違いない。

それ以来、年に二、三度の音信を続けてきた。結婚されたことは後で知った。家を新築したからとのお便りに、お訪ねしたら既に幼い娘さんが二人いた。大きい方が私にまつわりついて、手をつないで歩いた。それだけの関係を大事にする人である。あの地震の時、大阪府の茨木市から、長女に荷物を背負わせて、駆けつけてくれたのだった。

当時はまだ大阪神戸間の交通は、麻痺状態と聞いていた。丁度、神戸へ向かう人がいたので、タクシーに相乗りして三宮駅まで来て別れたそうだ。そこで又車を探して兵庫中学まで来たが、午後の日差しは斜めになっていた。帰りの足を案じて車を待たせて、私のいる体育館へ入って来た。

先日呼び出しがあり、電話で彼女と話した。私の避難先を探し当てるまでには、何個所も電話したことだろう。何が必要かとの問いに、肌着類と答えた。私は一個の紙袋を想像していたのに、全く思いがけない大きな見舞品だった。こんな大きなリュックサックが、目の前にデンと置かれるとは。昔の短いつき合いに、これ程の温情を示してくれる彼女に、感謝の気持ちを、言葉では言い尽くせなかった。

あの時、この中には日々の必需品がビッシリ詰まっていた。シャツに下着、ソックス、ブラウス、セーター、新品のスラックス。軽い読みもの、水、キャンデーから医薬品もあった。それからのことを思うと、感無量だ。いい友人に恵まれたものだ。
友情のしみ込んだリュックサックを背負って、富士登山する日を待つ。

納涼踊りの夜

隣町の納涼踊りに参加した。踊りの輪に入るのは、父の新盆の時以来だから、二十数年振りだ。体操教室の先生が、町の実行委員ということで、月初めから皆に参加して下さいと呼びかけていた。

私の団地から教室に通っている人を、数人知っている。全員が当日に行くことを決めた。私は四月からの生徒なので、習った何曲かのフォークダンスに、自信のあるものはない。練習中に何とかリズムに乗って来たぞ、と嬉しくなった頃には曲が終る。「間違ってもいいのよ。皆と一緒にやっていれば踊れますよ」と、先輩達の温かい励ましの言葉に支えられて、挫けずに続けて来られたのだ。

「皆さん、ペアになって下さい」と、声が掛かった。周囲の人達は、それぞれに近くの人と、サッと手を合わせた。取り残されたのは私一人、こんな時は新参者は哀れだ。見廻すと、向うに男性が一人立っている。教室の仲間のA氏で、体格のいいすばらしい方だ。どちらからともなく近寄った。「お願いします」「よろしく」と、手を取り合った。

教室の中では幾度か手を取り合い並んだが、本番で一緒にステップを踏みだすまでには、それとは違った緊張感があった。曲が始まると、曲り勝ちな腰を伸ばし、精一杯に身体を動かす。下手なことも、恥ずかしさも、忽ち忘れさせる。知らない間に、何人もと相手が代っている。その中に中学生か、高校生か、二人の少年が続いて、パートナーになっていた時は楽しかった。

小柄な私の重い身体を、どんなに格好をつけてみても、見物客には冷やかな目で見られているだろう。多汗症の私は、全身から汗が噴きだし流れている。人々のリズミカルな動きに刺激されて、一生懸命に身体を動かす。私は「枯木も山の賑い」の一本にしか過ぎないが、涼しい夜気の中では何とも心地よい。

休憩の時、私の頭の中には故郷の盆踊りの光景が浮かんできた。村の盆踊りでは、のど自慢の人達が輪の中で、太鼓の音に合わせて音頭くどきをしていた。一人の声が疲れたと思うと、一人が勝手に引きついだ。その音頭というのは、物語りになっていたようだ。私の父も毎年その仲間に入っていた。その父の手にぶら下って、眠くなるまで輪の中にいた。五、六歳の頃のことだ。

故郷も合併して町になったが、過疎の地となり、素朴な盆踊りは、どんな形で受け継がれているのだろう。

汗

四月から通っている体操教室が、八月は夏休みだ。この機会に兄の予後を見に行こう、ついでに神戸の短歌のグループの会合にも出かけよう、と考えていたが実現しなかった。

それを実行出来なかったのは、私が非常な汗かきのためだ。教室でフォークダンスの途中で、何回も顔を拭く。スラックスの両方のポケットのハンカチが、グッショリになる。肌着類は身体に貼りついてしまう。私が一番恐れるのは、スラックスの後ろ側に汗染みが出来ることだ。行動している間はいいが、休憩時間に腰を下ろすのもためらう。

私は毎年夏になると、一年分の汗をこの時期に、流しておくのだと自分に言い聞かせる。医学的には通用しない理論だろうが、そう思えば気が楽になる。家の中での日常生活では、汗は苦にならない。人を訪問する時や、会合時には緊張する。立ち上がったら座布団に大きな汗染みを作っていて、慌てて詫びたことも度々だ。レザーの椅子が濡れていて、そっと拭いて席を離れたこともあった。

エッセイ　　汗

汗をかくのは、夏の季節に越さねばならない一つの峠だとも思う。だから戸外の仕事も、内部の雑用でもやり始めたら夢中になる。時折涼しい風が吹いて来た時の快感は金では買えないものだ。嬉しくなる。これは働いている人間へ、神様からのご褒美だと思う。

冷房が適当に効いた場所で嬉しいのは、汗が出ないので安心していられることだ。ふと目につく他人の汗染みも、上半身はうなずける。下半身の場合は目にも不快だし、自分がそうだったら恥ずかしい。そんなこんなと考えている内に、夏の旅は止めることにした。神戸の人たちにもその旨を述べておいた。先日、同じ神戸の被災者で、隣町へ移住した友人を訪ねたら「今年は暑かったわね」と話しかけて来た。私が汗かきで夏の外出は困るのよ、と言うと「気候のせいよ、汗かきは貴女だけではないから」の声に救われた。皆も同じように暑いのだ。私が異状体質でもなく、特に今年弱ったのでもないらしい。

納涼踊りの最後の夜、ラストの曲が終り皆が手を高く上げた時、私の顔からは汗が条になって流れていた。急いでポケットへ手を入れた時、並んでいた乙女が「まあ大変な汗ね」といいながら、さっと手を伸ばして私の顔を拭いてくれた。いい香りのハンカチだった。「有難うございました」他人から顔を拭いて貰ったのは初めてだ。見知らぬ乙女は、月の光の中を去って行った。

古靴の詩

いつ捨てようかと迷いながら、私は未だボロ靴を履いている。早朝の道路掃除と、その後の散歩の時だけだ。戦時中の物資不足を知り尽くしている私には、なかなか捨て切れない。殊に靴に関しては、辛い思い出がある。

引っ越して来て二年半の間に、靴を三足捨てた。後に予備軍が三足控えている。この近くには靴の修理屋がない。バスで隣町へ行く時、看板のある家を見るが、いつも戸が閉っている。ある日、靴の修理屋が来て道路脇で店開きしていたが、値段が高いのに驚いた。阪神大震災までいた神戸では、三宮駅の構内と兵庫駅の構内にある両方の店を利用していた。三宮駅は市の中心街だけに、利用客も随分と多かった。あちらでは高いとも思わなかったし、二回位は踵を直して履くのが普通だった。これでは履捨てにするのが得策だ。人前に出られない靴が、次々に溜まる。

「靴の減り方が早いわ。坂道の多いせいでしょうね」と言う私に「貴女のように歩き廻る人は当然のことよ」と周囲から同じ言葉が返ってくる。私の靴は指先の裏側から減ってくる。踵を替えるより「もう捨ててもいいわ」となる。私は締り屋だし、昔人間の本領を発揮する型だが、靴だけは仕方がない。

靴を捨てる時、私の脳裏には、いつも満州での日々が思い出される。入植当時は毎夜、オンドルの上で夫の靴修理をしたものだ。下駄の鼻緒を直したことはあるが、靴の修理は経験がない。ゴム底なので、布との継ぎ目が破れたのを、木綿糸でかがりつけた。「ハイ出来ました」これで長いこと使用に耐えると思っていたのに、翌晩また突き出す。

木材伐採が冬の男の仕事である。一日の山仕事で、そんなにも容易く破れるとは、想像もしなかった。それからは毎夜、毎夜同じことの繰り返しで、終いには布もだんだんにほぐれ、ゴムも切れる状態だった。その後、私の父から配給の地下足袋が何足か送られて、夫の足を守ってくれた。

私は跣《はだし》で農作業に出た日もあった。前年は原住民の所有地だった、玉蜀黍《とうもろこし》や大豆畑の鋭い切株のある所を、馬のくつわを取って歩き危険な目にもあった。よくもあの困難を乗り切ったものだ、と思う。今迷いつつ捨てるこれだけの靴が、あの時にあったら、どんなに嬉しかっただろう、と感慨に沈む。平和で豊かになったこの社会を、一緒に喜ぶ夫は既にいない。延吉収容所が彼の最後の地だ。

小犬のワルツ

私のバッグの中の小犬は、あどけない顔をして、横たわっている。小銭入れだが、金は入れないで、ドアの鍵を結びつけてある。雑然としたバッグの中へ手を入れて、小犬の足をつかめばすぐ鍵が出るから便利だ。

家の出入りにその顔をみると、心が和む。茶色の大きな耳に、茶色の小さな口、黒い丸い目。彼を見ていると、実家の甥の飼犬を思い出す。ジョンという名のその犬を、初めて見た時はもう成犬だった。白にブチのある雑種だが、いい顔立ちをしている。私がこの家と関係のある人間だということを、すぐに悟った利口な犬で、忽ち私をとりこにした。ジョンは、捨て犬だった。

家のみかん畑に捨てられていたのか、人の声を聞きつけて、犬の方がチョコチョコと駆けつけたのか。夕闇の濃くなる頃、心細くて恐怖におびえていたことだろう。甥夫婦の足許にまとわり付いて離れない。小さな尻尾を一生懸命に振りながら「ボクを連れて帰って

‼」と、必死に嘆願したであろう姿を想像した。「縁があったのだろう、連れて帰ろうよ」こうして、甥の家族の一員になった。

甥は町役場に勤めて三十年になる。一人娘は大学で学んでいる。猫が五匹、そこへジョンが仲間入りした。彼の幼時はどんな犬だったのか。忙しい日常の中で、きちんと躾をされたことが分かる。彼は立派な紳士犬である。

小犬の愛らしさを、私は満州で折にふれ目にした。日向に寝ている牛の背中に、チョコンと坐って眠っている姿は、ユーモラスな彫刻を思わせた。ある時は、力が余っていたのだろうか。牛の尻尾をくわえて、エンヤ、エンヤ、渾身の力で引っ張っていた。とんでもないことを考えるものだ、と私は大笑いした。

私は忙しくて、相手などしてやれなかったが、彼はひとりで遊びを見つけて、いつも生き生きと行動していた。ある日、遠くの方から、如何にも嬉しそうな顔で走って来た。くわえていたのは、乾いた馬糞だった。夫婦喧嘩の原因になることもあったが、小犬の成長を通して学ぶことも多かった。

バッグの中の小犬は、作り物だから新しい発見や喜びはない。鍵の番をする忠実な番犬は、いたずらもしない。見飽きしない愛くるしい顔、うまく作ったものだ。「メイドイン、チャイナ」と、記している。友人から、浅草のみやげにと貰ってから二年になる。「中国からこんな物も輸入されているのか」と、その時一つ賢くなった。

（平成十年一月）

初詣

長い坂を上り詰め、漸く探し当てた神社は想像していたより、ずっと小ぢんまりしたお社だった。バス停の標識になっているのだから、と私なりに思い入れがあった。神戸の「楠公前」という、バスの停留所を思い浮かべていたのだ。規模の違いに驚いた。

小さな社でも地元の人は、氏神様として崇敬しているのだろう。七草を過ぎており、出会ったのは松飾りを捨てに来た、一人の青年だった。二、三の言葉を交わして、彼が去ってから拝殿に向かい、神妙に手を合わせた。とにかくこれで、延び延びになっていた今年の初詣をすませた、という安堵感が湧いた。

震災後、こちらへ引っ越してから、初詣が不規則になった。それまでは、新年にはまず初詣だけは、すませていた。越して来た翌年は、民生委員ご夫妻と鎌倉八幡宮へ参詣した。昨年は支障があった。今年は明治神宮へ、と計画したが果たせなかった。初詣という言葉に、私の頭の中には、美しい光景が展がる。

七十余年前の家には、母が生存していた。家では父がおせちを作る慣習だった。それが出来上がると、さあお詣りということになる。私も一張羅を着せてもらい、弓張提灯を持った父と手をつないで家を出る。村外れまで来ると海が見え、向こう側の集落の灯が瞬く。そこには造船所があった。その手前を明々と灯した大きな汽船が、上方へ向かって行く。私は声をはずませる。「おおけなふねじゃのう」「おおう、いつかあの船に乗って行こうよ」父が応える。目指す氏神様は左手の先の方にあり、その森は一段と闇が濃い。

森の中辺りに、提灯の灯が動く。上へ上へと、下へ下へと、見え隠れする。上る灯が増える。その有様は、神秘的というか、荘厳というか、ただうっとりとなる美しさだった。

「ちょうちんがまいりよるのう」

「おう、早うお参りなさった人らじゃ」

父娘は、ボツリ、ボツリ話しながら歩く。

学校の門の前で、帰る人と出会った。

「おめでとうございます。お早いお参りで」

「ようお参りで。お子連れか、気をつけてお出でなされ」

顔は分からなくても、皆が挨拶を交す。鳥居をくぐる頃には、下りて来た提灯の光で、足元が明るかった。父の手にぶらさがって、一段ずつ慎重に上る石段は、随分長く感じた。あれは私が五、六歳の頃だったか。自分の足で歩いての、初詣での記憶だ。

あの光景は実に鮮やかで、私が生きている限り、脳裡に焼きついていることだろう。

（平成十年三月）

ニッケ水

帰省して兄の家に逗留していた時、村の衆と十人ばかり連れだって、四国路の霊場へ参詣した。みやげ物店で、ニッケ水を売っていた。子供の頃のあこがれの飲物だった。「へえ、未だこれがあったの」驚きと懐かしさがこみ上げて来た。やはり買う人もあるのだ。

赤、黄、緑の色鮮やかな液体が、瓢箪型のガラス瓶に入っている。私はワクワクしながら黄色のを一本買った。百円だった。あの頃は十銭だったが、普段は無い品だから余計あこがれたのだ。お祭りや、お神楽のある時、他所から来た商人達が、戸板の上に並べていた。それを手にした子供らの、嬉しそうな顔が彷彿とする。買ったのは私一人だった。

途中で味見したくてたまらなかったが、蓋を開けると厄介なので、我慢した。夕食の後で蓋を取った。瓶の口が小さくて、一息に口に入るのは、小さじ一杯位だ。甘くて、ピリッと辛い。昔より少し味が淡いかな、と思った。子供と大人の舌の感覚の違いかも知れない。一口飲んで、側の兄に瓶を渡した。「飲んでみなさいよ」

兄は小さい時から、間食はしない方だったたし、駄菓子類は好まなかった。しぼんだ唇をさらにしぼませて、一口飲んで返してきた。私は笑いながら言った。「どう、昔の味と」「同じだろう」「この辛いのは何？」「肉桂だよ」フーン、そうかなと首をかしげた。

昔おみやげに「肉桂の木」という物をもらったことがある。その味と結びつかない。シナモンも肉桂の粉だが、少し感じが違うようだ。ニッケ水には、何か加工しているのだろう。私はもう一口飲んで蓋をしめた。それが限度だ。私は、子供が大事な物を隠しておくような仕草で、食卓の端へそっと載せた。

今、子供がやって来てニッケ瓶を見たら興味を示すだろうか、とふと思った。この頃ちょいちょい、昔ながらの駄菓子を売っている店を見かけるが、ニッケ水は見たことがない。これは私の地方だけの物だろうか。ジュース類とは違うニッケ水は、もはや私らの年代の郷愁にしか過ぎないのか、と少々淋しさを感じた。

兄の家を去る朝、私は食後にそっとニッケ瓶へ手を伸ばした。兄が口元に笑みをたたえて見ていたが、私はすまし込んで二口飲んだ。身仕度をした後で、また口をつけた。何とかして空にしたいと思ったが、駄目だった。ニッケ水はやっぱり、甘くてピリッと辛い。

今度の帰省で、また楽しい思い出が一つ増えた。

（平成十年十月）

ムカゴ

新聞のコラムに、ムカゴのことが書かれていた。ムカゴは、手入れのいい畑にはない。怠けて放ったらかしにされた所にある、と。

　昨年の草取りの日だった。棟の住人、三十所帯から一人ずつ出て作業する。未だ皆が雑談している時に、金網の垣に絡みついている山芋の蔓に、ムカゴを見つけた。大きいのは拇指の先程のがある。掌へこぼし込み、ズボンのポケットへ入れた。花壇を所有している小父さんのだから、いたずら程度で止めた。

　この人は古い住人で、私が引っ越して来てから、親しくして下さるので、声をかければ肯いてくれる筈だ。仕事が終ってから、と呑気に構えていた。私は自分の階段の人たちに従《つ》いて動いた。終了して皆が集まった時には、垣根の蔓はきれいに刈り取られていた。「しまった。皆取っておけばよかった」と、口惜しがったものだ。

　たった六粒のムカゴを、ミルクパンで、茹でて行儀悪く立ったままで食べた。不思議なおいしさだ。これを口にしたのは、子供の時だから六十何年前だ。田舎の子は何でも食べてみる。屋敷の花畠の隅の木に絡みついた蔓に、ムカゴが沢山ついていた。弟と二人で帽子にとって、ホウロクで炒って食べた。誰に教わった訳でもないのに、そんな知恵があった。おいしかった。およそ子供の好むものではなかった筈だが、記憶に残る味だった。

あれだけ多くの粒が土の中に落ちたのだから、来年は沢山取れるぞと、一年先を予想した。いつの間にか、今年も垣根に賑やかに蔓が伸びていた。今年はビールのつまみにしようと、胸をふくらませた。小父さんに話すと「取って置いて上げますよ」と言ってくれた。この頃小父さんを見ないと思ったら、入院しているという。

春には小父さんが、棟の周辺にある石蕗《ツワブキ》を取って来てくれた。約束を忘れているのかと思っていた頃だった。こまめな人だから、ムカゴのことも忘れないで、取ってくれるだろう。いや、その時期になったら、私が小さな笊を持ってはたき落とそう。未だ蔓が若い。楽しみにしていた或る日、又草取の日が廻って来た。昨年はムカゴが付いていたが、今年は未だ葉が勢いよく伸びている最中だ。ここの住人達は風流を解さないのか。垣根に蔓が絡みついているのを、無理に刈り取ることもないだろうに、と独り呟く。こんなに野趣のある食物を、知る人が少ないとは淋しいことだ。

(平成十年十一月)

帽子

友人が帽子を買いに行くというので、つき合った。適当なのがあれば、私もそろそろ新しいのを、と考えていた。私はまずサイズの標示を見る。「五七・五」というのが多い。それは私には大き過ぎる。

いま愛用しているのは、三年前に買ったものだ。阪神大震災で、ここへ引っ越して来た年の、老人会の旅行の時だった。くすんだ紫色のフエルトで、色も形も気に入った。サイズがピッタリなのが嬉しかった。手持ちのジャケットに合わせた訳ではなかったが、周囲の人から「おシャレね。ジャケットに合っているわ」と思わぬ讃詞を受けた。

ジャケットは神戸で数年前に買った。市場の出店だったが、私は女店主の気っぷに惚れて、よく利用した。あのジャケットも、彼女が選んでくれた。「これだ。これが貴女には一番似合う」と、私の肩にかけた。私は連れを振り返った。「どうかしら」「いいだろう」彼にそう言われると、躊躇なく買ったが、少し不安があった。

紫がかった生地に、紅葉色と青が混ぜ織りになっている。私には華やか過ぎる感じで、それを身に着けるのは冒険だった。着慣れるといつの間にか、顔に合うように思えた。大切に扱って来たので、年数を感じさせない。帽子を被ればすぐ外出出来るし、重宝している。帽子は衣装を引きたたせる小道具でもある。

この夏に、気に入った帽子を見つけたので新調に及んだ。私が長い年月愛用する物は、偶然に買ったものが多い。来年の夏は帽子の心配はない。昔、気に入って随分長い間持ち続けた、一つの帽子のことをふと思い出した。淡い藤色の絹の生地だった。大き過ぎるので、後側を切り手縫いでサイズを縮めたが、誰も気付かなかった。かえって斬新なデザインに見えた。当時は帽子を被る女は少なかった。友人はいいのを見つけたようで、被って見せた。初めから黒と定めていたので、選び易かった。洋服は柄やデザインの流行が変わるが、帽子には大きな変化はない。私の欲しいのはなかったので、買うのは見送った。

今は不況の世の中だ。大勢の人がいかにこの波を乗り越えようか、頭を悩ませている。私が流行遅れの服を着ていようと、少し色褪せた帽子を被っていようが、彼等の目にどうってことはない。またどこかで、通りがかりにひょっこりと、いい帽子があるだろう。

今朝も愛用の帽子を、さり気なく頭に載せて家を出る。

（平成十年十二月）

声を出して

この頃文字を書いている時、脳と手の動作が別々の行動をすることがあるのに気付いた。日記を書いている時に、それを思う。

ペンを進めていると、いつの間にか後に書こうと思っている字が、既に書いてあり、今書いた文字を続けて書く。そこで私は、書こうとする言葉を声に出しながら、ペンを動かすことを始めてみた。書く速力が落ちているので、一語一語をゆっくりと、まるで幼児の話し方そのものだ。その日の日記文は、一語の書き直しもなかった。

声を出す効果というのか、一つの発見であった。一人住まいでも人との会話もあるし、ウツ人間ではないと思っているが、側に人がいたら、きっと顔をのぞき込むに違いない。ふっと可笑しくなった。でも汚れていない紙面を見ると嬉しくなり、これを続けようと決めた。

声のことで、面白いと思ったテレビ番組がある。年末の恒例になっているという、東京駅のどこかで、大声を競うものだ。或るのど飴の会社がやっているそうで、今年もそれを見て笑った。内容は深刻でも、大声で叫ぶと群衆には可笑しくてたまらない。私は声が大きい方で、先年にそれを見た時、参加すればよかったと思った程だ。大声を出すのは気持ちがいいものだ。あの場所へ出て、大声を張り上げたい野次馬根性はあるが、もう勝負にはならないだろう。今の私の声は随分と落ちていることを自覚する。でも一言叫びたい。ある人に向かって「姑息な考えは捨てなさい」と。聞く耳持たない相手では、何の効果もない。

あの時の映像で、美しい場面を見た。年配の男性が「お母さん、ありがとう」と叫んでいた。群衆の中で手を振っている婦人が見えた。ご夫婦だろうと思った。面と向かって言うのは照れくさいので、あの場を借りて大勢の前で、堂々と声に出したのだ。勇気も要っただろうが、当人は清々しい気持ちで年を送れるし、奥さんは感激したに違いない。

声を出しながら日記を書き始めてから、数日経った。書き損じることなく過ぎている。確かにこの方法はいいようだ。でもこれが嵩じて、手紙を書く時にも、同様の姿勢が続くかも知れない。ちょっと空恐ろしい気もするが、失敗するよりはいい。時々「イーッ」となって、声のトーンが上がる。ペンの進み方が遅れるからだ。

声を出すということから、日常生活に一つの進歩を得た。生きていれば面白い日がある。

（平成十一年一月）

りんご物語

サラダに使うために、大黒さんにお供えしてあった林檎を一個下げた。切ってみたら、中に「蜜のしみ」というのが出来ていた。

それを見た途端に、三十年も昔のことを思い出した。あの時は、今のような淡い色ではなかったし、大きな点々になっていた。果物屋に尋ねたら、蜜の固まりで害はないとの答えに、一応納得した。今日これを見なかったら、あの事件はすっかり忘れてしまっただろう。

今の私は、林檎は好きな方ではない。瀬戸内の島に育った私は、子供の頃には憧れの果物だった。村では売っていなかったので、珍しかった故かも知れない。それを初めて目にしたのは、父がどこかの家の大きな祝いの席に、招かれた日のおみやげだった。林檎は三の膳についたものだ。私は三の膳の鶴や亀、松を型どった上等の生菓子が大好きだったが、この新しい果物にも興味を持った。

その頃から「私の家でも祝の席で、三の膳に林檎を添えたい」との思いを抱いた。その念願を果たしたのは、兄の四十一歳の祝の時だった。私は神戸の外国人の家庭で働いていたが、その日のために林檎の箱を携えて帰郷した。私の心は晴れ晴れとしていた。その日の三の膳には、他に何を載せたか覚えていない。

林檎にまつわる、忘れ得ないある記事が時々浮かぶ。私も人後に落ちない程に、経済観念は強い方だが、その記事には驚いた。当時、皮はむいて捨てる物と思っていたが、皮も芯もカレーに煮込んだ若い主婦の話を、婦人雑誌で読んだ。戦後の貧しい時代の象徴だ。

私自身も恥ずかしい思い出がある。あれも神戸での話だ。隣家は親切な老夫婦だった。小母さんが入院したので、お見舞いに林檎を選んだ。もう品薄の季節だったが、行きつけの店で、高級と言われていたスターキングを買った。病人には一番いいと、勧められたのだ。

数日後に再び病室を訪れた。小母さんは大分快くなっていた。話し込んでいる間に、小父さんが林檎をむき始めた。中は変色していた。次のもむき進むうちに、傷《いた》んでいるのが分かった。外観はきれいだが、三つ目も駄目なようだ。スターキングだから、私の持参したものだろうと思った。私はいたたまれなくなって、早々に病室を後にした。私の心は深く傷ついた。

あれから私は、林檎を好きでなくなったのかも知れない。現在では管理がいいから、あんなことは起こらないだろう。私の郷里でも簡単に、手に入るようになった。

（平成十一年二月）

新聞投稿

メイドの人格

私は外人の家庭で働いている。一部の人がいうように、外人崇拝の気持ちからではない。高給、週休制、人格の尊重、こんな理由で私は外人の家庭が働きやすい。

給料の点では、最近は日本人の家庭でもずいぶん高給を出す所もあると聞く。外人の家は時間制だからいいと考える向きもあるらしいが住込みの場合は、そうはいかない。仕事の都合で夜半までアイロンをかける時もあり一時、二時になっても片づかない場合もある。留守を預かると子供の世話に手間取ったり、労働時間は日本家庭と大差ない。しかし、休日は当然のこととして「楽しい時間をお過ごしなさい」ときげんよく送り出してくれる。

人格尊重の点は、私たちは学ばなければならぬと反省させられることがよくある。人は人、仕事は仕事と、はっきり区別している。

H博士の家庭にいたころ、ある時、帰宅が一緒になった博士が、ドアを開け夫人が入った後「Mどうぞ」と私を促して、ご自分は最後に入ってカギをしめられた。日本人の家庭では考え及ばないことである。

「M、これを教えてください」H博士やN博士から問われることがよくあった。大学教授が召使を自分と同等に考えているその態度には感じいった。「女中だから学歴がない。無学者だ」といった観念は持ち合わせていないようだ。大方の日本人はその反対だろう。

女中の求人難と聞く。求人側がこれらのことを考えて対処するなら、よほど緩和されるだろう。

（42歳・昭和三十六年　毎日新聞）

（編集注・当時、新聞に掲載されたまま生かしてあります）

笑いは社会の潤滑油

最近は、笑いを忘れた顔が多いようです。厳しい世相では、無理もありません。だが笑いは社会生活の潤滑油です。私は楽天家のせいか、自分で笑いの種を見つけて楽しんでいます。

その一つは漫画です。特に時事、スポーツ関係が大好きです。

このごろ漫画の害毒が強調されますが、大人も子供も夢中で読み、その中から健康な笑いが生まれる作品も多いと思います。

不平や不満が渦巻き、不愉快な事が、絶え間なく押し寄せる毎日です。だが怒っても笑っても、時間は同じように過ぎます。漫画でなくても、自分で笑える種を探し、愉快に暮らすように、心がけましょう。

（54歳・昭和四十八年　読売新聞）

女の自主性

女の社会では往々にして自主性が失われる。周囲を見回し、ムードに流され、そして大勢につき、後悔する場合が多い。

その結果は自己嫌悪におちいったり、時には経済的負担になることもある。

社会生活の中では、場合によっては義理も必要になるが、その時は納得して行動しよう。

自分も気持ちよく、そして相手にも心から喜ばれるものでありたい。

しかし、日常では自主性を持ち、それを通すだけの強い人間でありたい。同時に他人のそれも尊重してあげる広い心を持とう。

陰でぐちをいわないように、表で話し合える人間関係を作りたいと思う。

それには考える習慣を身につけることが大切だ。


（56歳・昭和五十年　報知新聞）

心美しい若者

×月×日　久しぶりに甥が訪ねて来た。目下、就職先を物色中である。この間も電話で、ある仕事について聞いてきた。私がその方面にくわしいと思ったのだろう。ともあれ「あなたには向かないだろう」と返事をした。

職業の確定した人は、まだ友人の間で見当たらず、年内にはだれも決まらないだろうという。新聞には、ぜいたくをいわなければほとんどが就職出来るだろう、と書いてあったが、希望は曲げたくないらしい。

そんな話の後で、昨日友人が火事で焼け出されたと話し始めた。二期生の人だそうだ。「何か見舞いをあげるつもりか」と聞いてみると、彼はすかさず返事をした。「うん、何かしてやらなきゃかわいそうだから」

私は彼の心根を美しいと思った。自分も就職の件で頭が痛い毎日だが、友への思いやりを忘れない。

「見舞金やろうと思うんだ。せいぜい、五千円ぐらいだけど…」

日給三千円のアルバイトをしている彼は、学費や生活費で余裕はないだろう。

「少し手伝ってあげようか」というと「いいよ叔母さん、僕も働いているんだ」と、きっぱりいった。いつまでも友情を大切にする人であるように願った。


（56歳・昭和五十年　読売新聞）

信号待ち

私は道幅の広い都心で信号待ちをするとき、最前列にいたら必ず反対側の信号灯をじっと見つめている。黄色に変わったら頭の中で五つを数えながら右側を見て、六つ目で足を踏み出す。だいたい同時に向こう側の信号灯が青になる。

信号待ちをしている人たちの中には、話に夢中になったり、よそ見をしている者もある。そして青に変わっても動かない。私は前が詰まっているときは「早く」といって、前の人の背中をちょっと押す。信号待ちの前列に立った、わずか一、二分の間くらいは、だれしも緊張してほしい。

信号待ちをしているのは自分一人ではなく、後ろに何人かが控えており、群衆というものは前の人の動きに合わせて行動することを念頭におくべきだ。各自が注意し、みなが協力して交通事故を減らしたいものだ。

（57歳・昭和五十一年　報知新聞）

タイミング

×月×日　ゴミ袋を両手に提げて路地を出ると、近所の奥さんが集積場所のそばにいた。顔が合ったが、もっと近寄ってからあいさつしようと思って、足元を見つめながら歩いた。ゴミ袋を置いてから「お早うございます」と声をかけたが、振り向かない。聞こえなかったのかも知れないと思いながら、軽く頭を下げて背を向けた。

夕方、これと対照的な場面に出会わせた。

こちらへ来る通行人の中に自転車に乗った顔見知りの大工のKさんが見えた。そのとたん、Kさんは頭を下げた。普通の声では届かない距離である。Kさんは自転車を降りて路地に入った。

私は階下で自転車を片づけているKさんに「暑いのによくご精が出ますな」と声をかけた。先に頭を下げた返礼である。そのあと自分の部屋に入ったが、けさのことを反省した。顔が合ったのだから、ともかく頭を下げればよかったのだ。丁寧にあいさつすることも大切だが、タイミングを合わせることが相手によい感情を与えるだろう。これからは、心すべきだと思った。

（57歳・昭和五十一年　読売新聞）

新しい隣人と

×月×日　ドアをノックする音に、仕事の手を止めて入り口へ急いだ。隣の奥さんだ。ドアをあけると「すみませんねえ」と言いながらお金を出された。留守になるので、ガス代を預かって欲しいと前日に頼まれていたのだ。昨年の暮れにも預かって、一緒に払ってあげた。

引っ越して来て、三カ月余りになる。外出がちの私は、近所の方と顔を合わすことは少ない。最初にあいさつに回った時、会っただけの人もあるが、隣の人とは時々顔が合う。ことにご主人には転居して来て間もないころ、お世話になった。入り口のドアがうまく開かず、三十分もガチャガチャさせていたところへご主人が通りかかられ、ドライバーなどを持って来て、苦心の末開けてくださったのである。

ゴミ収集日の朝、私は路地と前の道路を掃くことにしている。ある朝、隣の奥さんと顔が合った。「すみませんねえ、以前は私がしていたんですが、すっかり横着をして…」と、頭を下げられた。こちらもお願いすることがいろいろあるから、出来ることは進んでするように心掛けている。

都会砂ばくと言われる今日、近所の人たちとは円満に交際し、平和な日々を送りたいと願っている。

（57歳・昭和五十一年　読売新聞）

田舎の産物

×月×日　田舎から荷物が届いた。私の生家は温州ミカンの産地。年末には温州ミカン、春にはハッサクや伊予カンが送られてくる。

兄は今でも七、八軒の親類などに送っているはずで送料が大変だろうと思う。こちらでいくらでも買えるのだから、送らなくてもいいのにと家の者たちはいうが、送る人には違った思いがあると思う。娘や息子にはいつまでも親という気持ちを捨て切れないだろうし、故郷の香りをという心遣いもあるだろう。

私も父が生存中は、よく物を送った。そうする行為に、訪ねて行かない不孝をわびる気持ちを託していた。物が豊富になり、田舎でも買えるから、という手紙も来るようになった。時代が変わったことは知っていても、最初に喜ばれたことがいつまでも心の中に残っていた。

今度は何を送ろうかと考えるのは楽しいものだった。それが重荷になれば自然にやめるようになる。
兄夫婦はそれぞれの家庭に向けての荷造りを、仲良くしているだろう。その姿を想像しながら、ありがたくいただいた。

（58歳・昭和五十二年　読売新聞）

冬の満月

×月×日　ふろ帰りにふと空を見上げて足を止めた。光り輝く丸い月がある。今夜は満月だったのか、とつぶやきながらしばらく見入った。

冬の満月を見ると、いつも思い出すのは、中国東北部での一夜である。そこには五年間住んでいたが、終戦後のある夜、村までたどりつこうと、満月の広野を一人で走った経験がある。八キロぐらいの道のりで、途中には深い谷や、灌木の茂った丘陵があった。そこにはオオカミが出るといわれ、恐怖にふるえながら命がけで走った。

村にかけ込んでほっとすると同時に「月夜にはオオカミは出ないのだろうか？」と、ふと思った記憶がある。そういえば、オオカミの遠吠えを聞くのは、いつも闇夜に限っていた。

数年前に、ある美術館で「月に吠《ほ》えるオオカミ」と題した日本画を見た。そして、やはり月夜でもオオカミは出る、と思ったものだ。あの広野を走った夜も、オオカミは谷底で吠えていたかもしれない。
三十余年前の夜空は澄み切っていたが、今夜は、ちぎれ雲が一つ、月のそばでゆっくり動いていた。私は昔にかえって懸命に走ってみた。

（58歳・昭和五十二年　読売新聞）

花の価格表示

花屋の店頭で困るのは、価格が表示してないことである。全部の店とはいえないかも知れないが、私の見た限りでは例外の所はなかった。一つ一つ値段を聞くと、しまいにはうるさそうな表情で、ぞんざいな返事をする人がある。始めから値段をつけておけば、両方ともわずらわしさや不愉快な思いをしなくてもすむ。

食料品でも衣料品でも、およそ店で販売の品には値段がついているのに、花にだけそれがないのを以前から不満に思っている。花を愛する人が安心して買えるために、価格の表示を切望する。

（59歳・昭和五十三年　報知新聞）

今年の願

今年の目標はいろいろあるが、健康保険証を白紙のままで過ごしたいということも、その一つである。若いころは健康は当然くらいに思っていたが、年齢とともに医師と無縁で一年を送るのは、容易でないことを知った。

一昨年とその前年に、健康優良家庭として市から商品をいただいた。初めの年は幅広のシーツ、二年目は毛編みのきれいなこたつ掛けであった。三年目は何だろうとの楽しみと共に、この記録を伸ばそうと思ったが出来なかった。昨年は一度だけ医院へ行った。胃腸薬を五日分もらって治ったが、当時は他人の話に余計な神経をとがらせていたのだった。しかしたまに病気をすることは、健康管理への警告であると解釈するようになった。

今では体調が変だと気付けば、食事を調整して過去の病気の再発を防ぐことも身についた。医師も薬もきらいな私は、今年は医師と無縁でありたい、と願っている

（59歳・昭和五十三年　報知新聞）

なまりに実感

×月×日「いなしむ…、去るという字を書くのです」。短歌教室で、先生がご自分の歌を披露されながらいわれた。短歌にこの言葉が使われているのに出会うと、私は故郷を思う。故郷では、去ることを「いぬ」という。

近ごろ、郷土の言葉に興味を持つようになった。幼いころ「おたのもうします」と頭をさげることや、来客に「ようおいでなされました」とあいさつするようしつけられた。「お願いします」「いらっしゃい」よりは好きだし、くださいというより「つかあさい」の方に情緒を感じる。祝詞を受ける時に扇子を前において「おかたじけのうございます」と返す言葉もしっとりとしていた。

古典の文章や、軍記物などにも、使い慣れた言葉をよく見かける。瀬戸内の島なので、海路を往来する人たちの言語が自然に伝わり、残ったものだろうか？　郷里の子供たちが、都会の子供と同じ言葉を使っているのを聞くと、味気ない思いがする。

私は時々、方言で話しては家の者を困らせる。腹がたった時も方言でぶちまける方が実感がわく。そんな時に相手がケゲンな顔をすると、ちょっぴりきげんがなおってくる。なまりもいいものである。

（59歳・昭和五十三年　読売新聞）

小学生が牛を見学

×月×日　地下街を歩いていると「鰻《うなぎ》」という字を大きく書いた紙が、何枚か目についた。二十六日は土用のうしの日である。私はふと、子供のころのことを思った。

田舎では、その日に牛を泳がせていたのが一番印象に残っている。村中のどの家でも、牛を海に連れて行くので、その道中で出会う数は多かった。遠浅のきれいな海で、すぐかけ込むのもいれば、手こずっている場面も見た。ともかく海に入れて、人間も牛も一緒になって泳ぐ。

その後、縄たわしで全身をきれいに洗ってやり、近くの宮の森から赤い粘土をとってきて角に塗ってやる。一種のお化粧だったのか。

その日は牛もごちそうにありつく。酒やビール、米の飯が飼料桶に与えられた。

故郷は現在では合併して町になり、農業も果樹栽培一色に変わり、牛も姿を消した。数年前に帰省した時、戸数四百の集落に牛が一頭だけいると聞いた。小学校の先生が児童を引率して、その牛を見に行くという。農家の子が、わざわざ牛を見に行くようになるとは、随分と変わったものである。

（59歳・昭和五十三年　読売新聞）

ロッテの金田さんに親しみ

私は野球については無知でもあり、関心もなかったが、このごろラジオを聞いていていてもだいぶわかるようになり、興味を抱くようになった。そのきっかけはロッテの金田監督によるものが多い。

お客様は神様ですといい、試合前に帽子をとってあいさつし、負けたら申し訳ありません、神様すみませんとあいさつする。こういう情景はほほえましくて好感が持てる。

勝負の世界に、ただ戦う緊張感や、歓喜の叫びや、残念無念の悲壮感だけでなく、こういうなごやかな、そしてユーモラスな雰囲気もあっていいと思う。ファンはそこに一層の親しみを持ち、楽しく観覧し、またより多くの客足を動員することもできると思う。金田さんのご活躍を祈ります。

（59歳・昭和五十三年　報知新聞）

気楽に続けられるもの選ぶ

良いこととわかっていても、続けることが不可能と思える組織的な活動には、手を出さないことにしている。一度手をつけた以上、続けなければ相手に迷惑をかけたり、失望させる。ひいては精神的に自分を拘束する。こんな気持ちは横着だろうか？　ともかく気楽に続けられることを目標に、社会に役立つことを行っていきたい。

現在続けているのは、古切手と古新聞を集めることだけである。切手は宗教活動をしている友人を通じて、その事務所へ送ってもらう。この微々たる行為が世の中の役に立つと知って始めたのは、数年前である。古新聞は近くの小学校のＰＴＡのお母さん方に渡す。二紙を購読しているので、かなりの量になる。

所と時間に縛られない善意の行動なら、心の負担にならず、容易に実行出来る。自治会の奉仕活動にも、声をかけられると快く参加してきた。この程度のことなら私にも無理なく続けられるし、今後もこれ以上の幅は広げられないと思う。

（59歳・昭和五十三年　日本経済新聞）

外へ出よう

外へ出よう。家庭の外へ、職場の外へ、地域の外へ。そこでいろいろなものを見、聞き、そして学ぶ。

今までわたしはいい主婦だと自負していたのが、外で見かけた優れた人に刺激されて反省し、勉強する。職場でチヤホヤされていい気になっていたのが恥ずかしくなる。世の中にはなんとチャーミングな人が多いんだろう見習うべしと思う。同僚間のいざこざも、外の世界を知らぬがためとわかった。

人混みの中で心優しい行動を見れば感動する心がよみがえり、しゃれた会話に言葉の妙味を知る。生きているのが楽しくなるような言葉を作り出したら、自分だけでなく周囲の人も幸せだ。外へ出る度に、私は何かの収穫を得ている。

（59歳・昭和五十三年　報知新聞）

年齢など考えずに

中年になると多くの人は、年齢に関心が深いようだ。各人それぞれに問題があるのだろうが、私は無とんちゃくだ。

私は多趣味な方で、いままでも結構楽しく生きてきたが、今年になってさらに意欲が高まり、その領域をひろげた。お年だから無理しない方がいいと、ご忠告をいただくことがあるが、父の年齢を考えると、まだ若いと私は反発する。

父は八十五、六歳までは自分の生活を一人でまかなって生きた。八十九歳の時、村の山中にある歴史上の人物の墓らしといわれた場所を探りに行こうとして倒れ、半年後に死亡した。私は父の積極的な行動に魅力を感じた。

私は死ぬ日まで、年齢など考えない人間でありたいと思っている。

（59歳・昭和五十三年　報知新聞）

新幹線内の会話、食器戸棚に発展

わが家の台所で、一番目につく家具は食器戸棚である。これは新幹線の中で、隣に座った若い女性からいただいたものだ。

新横浜から新神戸までの列車内のご縁で、思いがけない幸運に恵まれた。私は話し好きだから、あいさつの後、すぐ話しかけた。あの場で黙ったままでいたら、この品物は手元にはこなかった。

二人の会話は絶え間なく続いた。彼女には少々迷惑だったかもしれないが、話が進むうちに二人ともあの阪神大震災の被災者だったことが分かった。急に親しみが増した。

彼女は東京から乗っていた。私は震災後は横浜で暮らしていたが、復興住宅に入居が決まり一人で引っ越しの日だった。それを話したことから、突然、彼女が食器戸棚のことを話し始めた。実はそのもらい手を探していたという。

今時の若い女性には珍しい、物を大切にする心掛けに感心した。私に「いかがでしょう」と遠慮がちに言われた。私は震災を境に、シンプルな生き方を実行してきたので考え込んだ。「使ってくださるなら、ボランティアの人に頼んで運びます」との、せっかくのご好意をいただくことにした。

その品は、新築の家に見劣りのしない代物だった。

（80歳・平成十一年　産経新聞）

私にできること

県営の復興住宅へ引っ越してから一カ月あまり。先日、初めての集会があり、役員選出の議題が出た。いま決まっている役員のほかに、新たな役員や県との連絡員の募集があった。

若ければ私は積極的に立候補するだろうが、八十歳という年齢と、この身体では、自分から名乗り出る気力はない。でも、何かで協力したいとは思った。震災後、避難先で暮らしていたときも、自治会や老人会の行事では、できる限りの協力をしてきた。

今朝、ゴミを捨てに下りた。各家庭から出されたゴミは、三つの箱に雑然と放り込まれている。回覧板にはふたをするようにと書いてあったが、そのままだ。ふたをしようと思っていたところへ、一人の婦人がみえた。声をかけて二人で協力して整理をしたら、三つ目の箱が空に近い状態になった。いつもこうしておけば、箱の数を増やさなくてすむ。

婦人は足が悪いからとエレベーターで上がり、私は階段を上った。朝から奉仕ができて気持ちがいい。

ふと思った。そうだ私が役員になるのだったら、環境係になろう、と。避難先では、移った翌日から、一人で生け垣の下や歩道の清掃を始め、神戸に帰るまでの四年余りを続けてきたのだった。私にもできることがあることに気づいて、さらに元気が出てきた。

（80歳・平成十一年　産経新聞）

震災を機にして、質素な暮らしに

阪神大震災後、私は横浜の自然環境に恵まれた団地に一時引っ越した。そして、「震災で物を失ったのが、良い機会だ。シンプルな生活に改めよう、今後はこの意志を貫こう」と決めた。

家具類は、親せきや横浜市からいただいたものだけだったから、訪ねてくださった方々が「あなたのところは広いし、きれいね」と、よく言われた。「家具が少ないからです」と私はいつも同じ答えをした。

満州（現・中国北東部）から引き揚げてきたとき、私は無一物だった。それから約五十年、社会も豊かになり、私なりに面白く暮らしてきた。いつの間にか驕《おご》っている自分に気付き、反省し始めていたが、生活の簡素化がなかなか実行できずにいた。

四年余り過ごして、神戸に戻ったが、家具は台所のテーブルセットとベッドを購入しただけ。新幹線で知り合った神戸の女性から食器戸棚をいただき、横浜から運んだ家具とで生活の場はできた。簡素な室内だが、没頭できる趣味があり、知人友人も大勢いるし、心豊かな日々だ。

（80歳・平成十二年　産経新聞）

階段歩きで鍛え、つまずき消える

私が住んでいるのは集合住宅の六階。入居して一年九カ月になる。

毎日、そこについている階段を歩くように努めている。一日に最低三回の上り下り。五回、六回の日もある。買い物帰りで荷物を持っているときや急ぐとき以外は、エレベーターには乗らない。

最近、ふと気づいたことがある。ものにつまずくことがなくなったのだ。階段を歩くおかげかな、といい方に解釈する。

高齢者は、足が衰えてきて、わずかな段差にもよくつまずく。たいていの人がそう言う。私が無事なのは、足を上げて踏み出すからだ。

以前、周囲の人たちから「足をよく上げて歩きなさいよ」と注意されたものだ。頭で分かっていても、体の動きがその通りにいかなかった。それが階段を利用するようになって、足の動かし方を体が覚え込んだのだと思う。

健康な日常生活も、地道な努力があってこそ。階段利用も努力して、習慣になればしめたもの。「しんどい」と思うときもあるが、踊り場で一息入れると、足はまた階段へと向かう。

（81歳・平成十三年　産経新聞）

お遍路ツアーに一人参加も楽し

私は今、四国八十八カ所お遍路の旅を続けている。月に一度、日帰りか一泊の旅だ。

最初、大阪の友人に誘われたとき、阪神大震災に遭い横浜で避難生活を送っていたので、同行できなかった。その友人は私より二十歳も若く、一人で歩き遍路を実行。場所によっては、バスを利用したり、思いがけなく車に同乗させてもらったり、人の好意を受けながら結願《けちがん》したそうだ。

一昨年、神戸に戻ってから私もお遍路をと思い、同行者を探した。この年では、一人だと心もとない。それに、震災のショックか血圧が安定せず、腰の状態も悪い。

「歩き遍路は二カ月はかかるだろう」と兄が電話してきた。

結局、お連れさんは見つからず、団体のバスツアーに申し込むことにした。月に一回で日帰りも組まれているのは、考えてみれば私の体には好都合だ。

八十歳を超えている私が「一人参加です」と答えると、車内の人たちは驚く。小柄で風《ふう》采《さい》も上がらないが、とりえは明るい性格。皆さんに親切にしてもらえるのがありがたい。楽しい旅は九月には七回目になる。

（82歳・平成十三年　産経新聞）

小説

神戸市民文芸集「ともづな」（昭和五十一年、五十二年発行）発表作品

「曠野の朝」

斜めに射して来る光は柔らかい。雲を分けて顔を出したばかりの太陽は、温かい輪を次第に拡げてゆく。地上には未だ夜の冷えが残っていて、澄んだ空気が肌を引きしめる感じだ。曠野の涯は空に連なって見える。

土手に囲まれた村の大きな門を出ると、私はいつものように立ち止った。手綱が張ると、前を行く馬は心得ていて歩みを止める。広々とした大自然の中に立つと、太古の時代に還ったようで、その中の数少ない人間の一人になり切っている。今まで身体の中に溜っていた汚れた感情や、悲しみや疲れた魂が洗われて、清らかな一日が始まる。朝、この門を出るのは、開拓団員の中では私が一番早い。満人達は朝早いが、時によるとまだ人の息が感じられない日もある。

本部部落にいた頃は、夏の間は暁仕事に精を出した。太陽が顔を出す前に、一仕事終らせていた。朝食を畑でとることにして、昨夜炊いておいた飯をその小さな鍋ごと持って行っ

た。夜は明け放たれているが、太陽はまだ出ない。白夜のような状態が、かなりの時間続く。雲の色が変わり始めて、黄金の光がその雲を破ってサッと迸る。それを見ると私は「ご飯にしましょうか」と夫を振り返る。二人は畑の外に馬を追い出し、農具を外し、馬具を外してやる。馬達は待ちかねていたように、青草の中へ首を突っ込む。二人は溝の流れで手を洗い、顔も洗って幾度となく深呼吸をする。夫は天に向かってかしわ手を打ち、敬虔に頭を下げることがあった。そんな時の夫を見直して、私も真似た。その夫も今は遠いソ連国境にいる。補充兵として、半月程前に召集されて征った。

私は大きな呼吸をくり返して、手綱を握り直した。若駒は、カルチペーターを載せた橇を引いている。この馬は二年前に、軍隊から管理を委託されたものである。乗馬用なので体形は小柄な方だが、整った顔付と利口なことが私の気に入っていた。手綱の動きで私の意志が伝わる。馬が歩きだした時、飼犬のフジがすぐ後に追いかけてきた。

「フジちゃん来たら駄目よ。帰って留守番しといて頂戴。お帰りッ」

フジは聞き分けて帰って行く。彼には彼の仕事がある。豚の守りと家の留守番である。

朝、私はフジに言葉をかける。

「フジちゃん、ブウちゃんを連れ出して」

フジは小豚を誘い出す。ワンワン、ブウブウと二匹が駆け出す。満人の豚が遊んでいる群の中へ置いて来る。夕方、私の言葉でフジが駆け去って暫くすると、ブウブウ、ワンワンという声がわが家へ向って近づいて来る。

私が耕作に出たり、馬車を仕立てて本部へ行く時は、すぐ後を追う。まるで子供が母親の後を追うのに似ている。見え隠れについて来て、峠の上で仕方なく車に乗せた時もある。近所の子供達と遊んでいる時は、チラと見送るだけの時もある。けさも遊びに夢中だったのか、そのあたりに見えなかった。馬具の用意をしていた時「フジちゃん遊ぼう」という隣の子供の声が聞こえていた。畑から帰ると、フジが家の前にきちんと座っていて、いかにも家を守っていましたという風に見せるその姿は、可愛いらしくも、いじらしいとも思った。七、八十メートルの位置から私の姿を見つけると、一目散に駆け出して来てとびつく。

フジは生後三カ月の雑種の犬である。まだ完全に耳が立たない。夫の留守に、未知の老婦人が抱いて来た。

「畠山さんとのお約束でした。もう乳離れさせても大丈夫ですから連れて来ました。ほかさまからもお話がありましたが、本当に好きで可愛がって下さる方でなければ、私はお断りです。たくさんいると食糧が大変ですが」

私は突然に小犬を押しつけられて当惑した。金のことを考えると、余計不安になる。私は動物好きではない。それに金を出して買う余裕等はない。しかしわざわざ二里近い道を、坂を越えて一人で抱いて来てくれたというのでは仕方がない。私はお礼やらお世辞を言いながら、その小さな動物の頭を撫でた。柔らかい生ぶ毛が、荒れた指にからみつく。小犬はその小さな舌を出して、掌から指先へ嘗め廻す。ぞくぞくする程の感触が全身を這う。

私は遠慮がちに金のことを問いながら、改めて婦人の顔を見つめた。整った上品ないい顔立ちで、昔なら格式のある武家の奥方という感じである。なぜこのような方が満州の開拓地に来ることになったのか、と首をかしげた。最初に見かけたのは、本部部落で開拓祭が催された時である。こんな縁を持つことなど、全く思いもしなかった。ただその人に見とれていた。後続本隊の人のお母さんだと聞いた。その息子というのは、浅草でオペラ歌手をしていたということで、その日の舞台で「九段の母」という日本舞踊を見せてくれた。

婦人は私の言葉に、首を横に振った。そして細いよく通る声で夫のことを言いだした。動物好きだとか、心の優しい人だとか、話が面白くて愉快な方だなどとほめそやした。その後で小犬の頭を撫でて、可愛がっておもらいよと言った。時々会いに来ますと言いながら、もう一度小犬を見て、腰かけていたオンドルから立ち上がった。私の言葉に少し気持ちを損ねたように思えた。それにしても夫は何とおっちょこちょいだろう。他の部落の未知の人の所まで出かけて、お世辞をふりまいている。以前に犬で懲りたことを忘れてしまったのか、と腹だたしくなった。

あのフジはどうなったのだろう？　元気で生きているだろうか？　今でもあの家族の所で飼われているだろうか？　私は三年前に飼った犬のことを思い浮かべた。その犬は経理指導員の家から貰ったもので、その時も私に無断で連れて来た。米の配給が少なくて、自分達の食生活が不足な中で、好きでもない犬の世話をさせられて私は不満だった。

「奥さんが貰い手を探していたからさ」

夫の言葉に、ゴマスリ奴と腹を立てたが、仕方がない。夫が始終出入りしている家である。両方の苗字から一字ずつとって、白山《ハクサン》と名づけようと夫が言った。白山という利口な警察犬を知っているよ、とつけ加えた。呼びにくいから、いっそ富士山にしようと私が言ったので、いつの間にかフジと呼ぶようになった。夫の妹の名がフジエだった。何かにつけて夫に腹の立つことが多かったので、それを犬に当り散らしてフジッとどなった。それによって胸のモヤモヤが消えてしまうのだった。

ある日、フジが家に入って台所を荒したと言って、一人の男が抗議に来た。どの家も簡単な戸であったから、容易に入れたのであろう。兄弟が五匹もいたので、いつもフジとは限らなかっただろうが、その人は間違いなくフジだと言い張った。

「一回や二回なら、まあ仕方がないさ。何回もとなると、こんな食糧事情の時だから」辛い表情を見せながら言うのだった。

「ごもっともです。気が付かないですみませんでした。これからはよく注意します」

私は小さくなって詫びた。そして夫に強く詰めよった。自分は大喰いのくせに、犬の食事を一度も案じてくれたことはなかった。動物を飼っている限り、無情なことも出来ない。食物の怨みは何とやらで、平常の不満が噴き上げて、この時とばかりジャンジャン責めたてた。

「仕方がないから、夜になってから裏山へ繋いでおいて狼に喰わせようか？　家で殺すよりその方が言いわけがたつだろう」

夫はそう提案し、一人で頷いた。私は無言を通した。貰う時は体裁のいいことを言っておきながら、このざまは何だ。意気地なし奴が、と心の中でボロクソにけなした。日が暮れてから、夫はフジを連れて家を出た。荒縄で木へ結びつけて来たと言ったが、間もなく短い縄切れをつけたフジが帰って来た。

「仕方がないから義勇隊へやろう。義勇隊なら食物も充分にあるし、奴らには犬は番犬として必要さ。明日、本部部落へ貯蔵庫を掘りに行く時に連れて行く。そして六中隊の連中に頼んでみる」

雑種だったが、耳が立って顔つきも良かった。義勇隊の連中は快く貰ってくれたそうである。夫はすっかり安心した顔つきだった。私はこれを教訓として、小動物はもう飼うまいと思った。翌朝、立派な鎖をつけたフジが、家の前に坐っていた。二里余りの道を一散に駆けて来たのだろう。かわいそうにもなり、ますます気が重くなるのだった。

新しい部落への引越しの日も迫り、私達がもて余しているのを聞いた本隊の青年が、フジを貰いたいと言って訪ねて来た。身体に不自由なところがあるその青年は、気の強い母親と二人暮しだった。あの身体では伴侶を求めるのもむつかしいだろうと思われた。私はフジを連れてその家まで行った。二人とも本当に犬が好きらしく、手をなめさせたり顔をなめさせたり、一緒に転げ合ってふざける姿を見て私はやっと安心した。

その時、犬はもう飼わないと夫は約束してくれた。しかしあてにならない人間で、調子に乗っては、行く先行く先でその場限りの約束をしていたようだ。特に女の人には、べんちゃらを言って、モテているらしかった。

ある日、本気で子供を養子にと申し込んで来た婦人があった。夫と約束が出来ているのだ、と強く言い張ったあとで、ふくれ面をして引き退った。慣れない転業農家で、子供が大勢いたその家では、夫の言葉を天の声とも聞いたことだろう。その時も家庭内で一騒動あった。あれやこれやの事件を忘れてしまったように、またも蔭ではこんなことをしていた。小犬をおいて帰った老婦人の態度がさわやかでもあったし、最初見た時に好感を持ったせいか、夫には腹を立てながらも、小さな動物には悪感情は生まれなかった。私は小犬にフジと名付けた。

入植以来の念願だった里帰りのために、二月中旬に私が内地旅行したことから、いろいろなことが起った。二人で行くと父に約束したのだったが、私一人で行くことになり、小麦を売ったり、薪材を売ったりして、夫は旅費を用意してくれた。結婚して三年余りの月日の中で、初めて夫らしい態度を示してくれた。私が出発した二、三日後に、団の中で出稼ぎの話が出て、大勢が集団で行ったという。部落には老人が一人残ったそうである。

私は半月余りで帰宅した。用事で本部へ行き、事務所の人から夫が内地へ行ったらしいというのを聞いた。私の電報を受け取って二、三日後に、誰にも言わずその地を去った。多分内地へ行ったのだ、というのが大方の意見だった。それを聞いて、私の電文が局で勝手に変えられたのを知った。非常時下では個人が電報を打つことさえ制限された。安着を知らせ、すぐに帰宅する意味をそれにこめたものだったが、反対に夫を招く文になっていた。私は短い旅行に余計な心遣いをしたことを後悔した。時期が時期だけに、女の一人旅には大きな不安があった。人々の話を総合して、夫と私の列車は図們あたりですれ違ったことになる。満州へ帰る妻と、内地へ向かう夫は、堅く窓を閉ざした列車に、それと知らずに座していたのである。

夫はすぐ帰ってくるだろうと思ったが、毎日が待ち呆けであった。手紙も来ない。めったに自分から書くことはなかったが、毛筆を使い、達筆であった。私が夫に感心するのはそのことだけであった。一カ月過ぎても連絡がなかった。瀬戸内海の島の私の実家にいるのか、故郷の群馬へ行ったのか、見当がつかないので手紙も出せなかった。そのうちには帰宅するかも知れない、とずるずると日が過ぎた。群馬へ行く途中、東京で空襲に会ったかも知れない、と言いだす人もいた。

考えても仕方がないので、私は毎日雑木刈りに出かけた。私の留守に薪材を全部売払ってしまい、帰宅した日は隣家で雑木を一束借りて食事を作った。

「アイツのことだから、帰って来たら自分で薪取り位するだろう」

夫は隣の人にそう言いながら、出て行ったそうだ。馬も車も持ちだしていた。夫がその地から姿を消しても、家の苦力は帰って来なかった。あるいは別の仕事に馬と車を貸したのかも知れない。私は毎日近くの丘で雑木を刈っては、背負って運んだ。夫は内地へ向ったことを皆から非難されていた。誰にも言わずにそこを去ったのも一因である。脱走したように誤解されてもいた。夫婦の間で相談ずみで、私を先に発たせ、電報で夫を呼び寄せる計画だったのだ、と噂されていたことも聞いた。夫は衆人の中で、そんな言動をしていたのかも知れない。私が帰ったのを見ると、不審そうな目を向ける人もあった。

四月下旬の雪の日に、二十センチも積んだ雪を踏みしめながら歩いて来る人が、夫だと気づいたのは大分近い距離になってからである。内地への出発も唐突なら、帰宅もまた突然であった。雪を払いながら入って来た夫を見ると、フジはあどけない顔に、精一杯の敵意を見せて吠えたてた。片言のその怒り声は、可愛くて微笑ましいものだった。

「いいのよ、フジちゃん――この人はうちの父ちゃんよ」

私の言葉に、オウ来たのかと言って、夫は犬を抱き上げた。

「あんたはまた、勝手なことをしたのネ」

「満人の村だから、用心がいいと思ってさ」

とにかく犬が利口そうなので、私も目くじらを立てることはしなかった。

何日か過ぎて、夫が変な歩き方をしているのに気づいた。私の問いに何とか言いわけをしていたが、苦痛で隠せなくなった時に観念して、出稼ぎ先で夜の女と接したことを告白した。何日も働いたわけでもないのに、もうそんな誘惑に溺れていた。遊んだのは全員だったとはいうものの、結婚して三年余りの若妻には、夫の背信行為は大きな事件だった。不潔でもあったし、彼には場違いという感が強かった。同時に病院の費用のことが頭をよぎった。腹立たしい、口惜しいなどの言葉では、表わし切れない不満であった。こうした時に、押えに押えていたものが爆発する。こんな男に連れ添って来た自分が、馬鹿の見本のように見えて、ひどく心を傷つけられた。

「つまらない面ばかりが一人前なのネ」

私は憎悪を吐きつけるように言った。

夫は翌日、私の衣類をリュックサックに詰めて、牡丹江の満拓病院を目指して出かけた。

「行って来る」と言う夫に、返事をしてやれなかった。沙蘭鎮か東京城あたりで、金に換えるつもりだろう。牡丹江から帰ると、翌日からは隣地区にある、義勇隊本部の病院へ通うことになった。家の中では毎日喧嘩が起った。自分の身体が思うようにならないので、今までのように言葉に詰るとすぐ暴力を振るうことはなかった。口ではいつも私の方が勝つ。それに経済面でも、作業面でも私に大きな負目を持つ夫である。黙って恐れ入れば私の気もおさまるのだが、あれこれと言いわけをし、その後で「男は出された膳は、毒と知っても喰わねばならん」などと開き直ると、ますます私の気を猛らせた。応戦する言葉は、完全に夫を黙らせる。

「ふん、じゃ尻尾を押えられるようなへまはするなッ」

農耕期に入り、私は毎日馬を追って畑へ出た。どうせ今年は一人でやるものと決めて、耕地を二町歩の面積で押えた。私が馬耕が出来るようになっていたのは幸いであった。喧嘩の時、私はそれを口にした。何も出来ない妻であったら、この人は本当にみじめだと思った。私の胸を掻き乱すことが続いて起った。

以前からの夫の希望であった、蹄鉄の講習の通知が来た。団でその話が出た時、夫は早速に申し込んだというが、その仕事は他の人に落ちた。夫より体格も人物も優っている人である。開拓地では仕事の出来る人でなければ駄目だ、と痛感した。しかし夫の父がそれを生業としていたので、団が発展してもう一人殖やす時には、彼の許へ来ることになっていた。待ち望んでいたそれを眼前にしながら、折角の機会を見送らねばならない。本人より私の方が口惜しかった。夫が本部員になり、私が農耕をやれば前途は明るいものである。

「これは私事だから、残念だと言ってすまされるけど、公事はそうはいきませんよ」

私は未練がましく、ねちねち言った。ふと出征のことが思い浮かんだ。話題がそれに移ると、夫はいつも同じ言葉で否定した。俺達に召集が来るようなことがあれば、日本は終りだよ。しかし現実には団員の何人かが出征している。戦況は分からず、ただ農事にだけ関心を払っていたが、他部落で出征した話を聞くと、家の中で話題になった。恐れていたその日が来た。

私は深い溜息を吐いた。夫はこんな身体では入隊出来ないだろう。不合格になっても、他の病気であったら、気が軽い。若い頃に病んだ胸の疾患か、怪我であったら、別に恥じることはない。世間体の悪い病気を、本人も後悔しただろうが、私の方が余計辛かった。医薬の効果がどの程度なのか、身体の他の部分なら、自分の目で確かめることも出来るが、その患部だけは恥ずかしさの方が先にたった。それに夫の身体全部が不潔な塊のような気さえする。この場になってどんなに愚痴っても、何の益のないことは分かっていても、憤怒の言葉が湧き上がって来るのだった。その場に居合わせたら仏様でも怒り出す位に、私はしつっこく文句を並べた。「腹を切る」と言う夫に、大時代がかったことを言う人よな、と軽蔑の目を向けたが、心は少し安まった。覚悟は出来ているのネと冷たく言い放つ私に、反発した夫の怒声には空しい響きしかなかった。

別れの朝が来た。

「いろいろと迷惑をかけたな。後のことはお前が思うように計らってくれ。俺は何も言う資格はない。去られても文句は言えない」

「無事に入隊出来ることを祈っています」

子供がいたら、また違った感情も湧いただろうと思った。別れの悲しみはなかった。今日出て行けば、帰って来ない人かも知れない。優しく振舞おうと努めたが、ぎこちない動作は隠せない。誰一人挨拶に来てくれる人もなく、見送ってくれる者もいない。夫と一緒に村の東門を出た。

朝日がようやく雲間から覗こうとしていた。空気が冷々と肌を刺した。夫は着古した作業着の上に、ボロ隠しを兼ねたカーキ色のコートを着て、帯芯で作った白いゲートルを巻いていた。出征兵士でも新しい服も靴もなかった。貧弱な身体はますますみすぼらしく映った。夫はその格好で牡丹江へも出かけたり、内地へも行って来たのだった。日常は見慣れていたが、出征する姿としては哀れであった。私は、我が家の耕作地までの道を黙って夫の後について歩いた。二人で村を出る姿を満人達に見られはしなかったと思った。出征することを満人達に知られないように、と言われていた。「もういいよ。ここで別れよう」と夫は言った。「そう、では好首尾を祈ります」そう答えて見合わせた顔を、どちらからともなく横に向けた。あの日以来、二人の間は他人であった。灌木に覆われた丘と、なだらかな傾斜の農地の間の小径は、そのちょっと先から坂になっている。夫は一度も振り返らず、坂を上って行った。五月十七日の朝である。

その時から家の中は静かになった。私は病原菌と、厄病神を追い出してしまおうと、家の隅々まで念入りに念入りに掃除をした。その日一緒に出征する人は十四、五人と聞いた。他の家では、どんな別れ方をしたのだろう。夫婦の泣き別れ、親子の泣き別れなどの情景が見られたことだろう。今までに喧嘩の時に撲られたり蹴られたりして、口惜しくて無性に悲しくなって、泣いたことはあったが、別離の悲しみも湧かず、涙も出なかった。愛情の薄い淋しい夫婦であった。

夫は再婚で、八歳年上であった。水商売にいた先妻との生活は、どの位の期間だったのか？　先遣隊として満州へ渡ったすぐ後で、女は姿を消した。入籍してなかったし、金で結ばれた縁を簡単に捨てて行った。私との結婚に当って、先妻への未練もあったのだろうし、男女間の愛の空しさも感じていたとも思われる。夫にとってはどうでもいい結婚であった。訓練所の主事の勧めを受けて結婚した私は、小さく生きて来た平凡な庶民にふさわしい夢を描いていた。彼の身上については、何もかも後になって分かった。貧しい家には、後家になった継母と、その子供達がいた。家族達より女の方へ心が走って、うまく利用され、そしてあっさりと蒸発されてしまった。私は自分に適当な良い家庭を築くことを心掛けたが、結婚観の違う夫とはしっくりいかなかった。

愛されない妻は仕事に打ち込み、その中に生きる境地を見いだした。いつの間にか嬶天下と言われ、夫の影は薄れた。見栄張りで、ゴマすりで、根性がない。疲れてくるとすぐに仕事を投げだし、俺は体力がないんだと平然とうそぶいた。いつも浮わついた気持ちで、他人より先んじたい意欲にかられ、要領よく世の中を渡ろうとする。嫌になったから遠い他の国へ行きたいとか、朝鮮の〇〇市に叔父がいるから行こうとか、今まで聞いたことのない親族が出て来る。満人をおどして理不尽な行為をして、私は恥ずかしい思いをしたことがあった。少年苦力のこと、行商人のこと、家畜の金の不払いなど、嫌な思い出が消えない。他人目には仲の良い夫婦と映っていたらしいが、私の虚構であった。

出征する孤独の夫に、しみじみと別れを惜しんでやりたいと思った。どんなことがあっても帰って来て下さい、二人で良い方法を考えましょう、私は待っています。そう言って慰めてやれる妻でありたいと願いながら、どうしても溶けない感情があった。芝居をしようとする心を、許さないもう一つのものがあった。次々と、憎悪の気持ちにかられた場面ばかりが、脳裏をかけ巡った。

現地に来て未だ三カ月にならない頃、不完全なオンドルのために危く火事になりかけた時、勤務中だと言って夫は冷然と突き放した。私は一人で処理したが「男なんかに頼るもんか」と心の中で叫んだ。凍りつく夜、夫が不精をしたために薪を盗まれて困った時、私は闇の中を本部まで行って薪材を盗んで来た。オンドルが冷えては、夜を過すことは出来ない。山中で暴風雨に遭った時、身軽い自分の方が先に逃げて、一度も振り向きもしなかった。頼りない男から、心はだんだんに離れてしまった。夫としての尊敬も、男としての信頼も消え失せていた。「お前を貰ってやったんだぞ」夫が言外に優越感を表わす程、二人の間に格差があるだろうか？　私は鏡に写る自分の顔を見つめた。幼時に失明して、整形した目が顔の欠点であり、悩みであった。「ちっとも気づかなかったわ」ある人は、改めて顔を見た。私は気にし過ぎているのだろうか？　子供の時から、他人によって受けた心の傷が、どうしようもない程に大きなものになっていた。それ故に心ない結婚をし外地に来た。

いつの間にか相手が、生存のための必要品に過ぎない「物」という感覚が、両方の心にあったのだ。

ここが満州だから二人の間が続いたので、内地だったら今はもう他人になっている筈だ。三年の月日は、私の自我を目覚めさせていた。大自然の中の生活に慰められる一日一日が、新しい体験であった。長嶺子の部落で、異国で初めて迎えた元日の朝は、荘厳で深い感動を覚えた。氷点下三十五度の朝、頬の痛さに北国の厳しさを感じ、違った世界を見た。あの山峡で、四季の花が時を同じくして咲き誇っていた景色は、全く言葉や筆では表わせない美しい園であった。中天に吸い込まれるように没した大きな太陽。驚きの日々が、私を曠野に引き留めた。そうして強い農婦に成長した。夫が家を出てから、私は重苦しい気持ちに耐えていた。入隊しただろうか？　不合格を言い渡されて、どこかの草原で死体となって転がっているのではなかろうか？　腹を切ると言ったが、どういう形で身を処しただろうか？　死と向き合っている夫に同情するより、その最期が見苦しくないものであれ、との願いの方が強かった。数日たって、入隊したという通知を受け取った時、私は心の底から天地の一切のものに感謝した。本人の気持ちも救われただろう。日本軍人として立派な働きをして、過去を償おうと心に誓ったと思う。安心してくれという言葉に、私への詫びの意味も汲みとった。増悪の気持ちが次第に薄れ始めた。

もう誰にも遠慮は要らない。胸底に秘めていた憎悪、不安、苦悩から解放された喜びは、私だけが知るものである。バンザイを心の中で繰り返して叫んだ。私はその夜祝宴の気持ちで食事を作り、フジと分け合った。それが喜びを分け合う唯一の家族だった。フジの表情も明るくなった。尻尾を振り、私の顔を見つめて何かを話しかけるように思えた。

「フジちゃん、よかったなあ。父ちゃんが帰って来るまでお互いに頑張ろうよ」

私は頭を撫で、背中を撫でてやった。もう悪いことは終ったのだ。今から明るい光が私を包み始めたのだ。これからは良いことばかりになるだろう。私は夢心地に浸った。

それからの毎日は、何と早く過ぎたことだろう。ドウ、私は軽く言って馬を止めた。橇を外し、カルチペーターをつけ、畝の中へ馬を追い込もうとしてハッとした。畑を間違えたのかと思って、周囲を見廻した。確かにこの場所の筈だ。橇の跡が昨日のままに残っている。右手に野菜畑があり、左側の畑の向こうの端から、麻、ライ麦、玉蜀黍《とうもろこし》の順に並んでいるのだから間違いない。その玉蜀黍を見て驚いたのである。昨日の夕方は五寸位だと思っていたが、一尺近くになり勢いよく伸びた葉が株間を隠しているのである。一夜のうちにこれだけの成長を見せている。内地だったら十日位かかるだろう。昨年も一昨年も、作物の成長する様子を見て来た。この村は、長嶺子よりも、本部部落よりも土地が肥えている。

私は仕事にかかるのも忘れて、作物を見つめた。ふとある歌が思い出された。義勇隊の少年の作で、昨日の夕方は何の気配もなかった土地に、今朝は蕎麦の芽がもう二寸ばかりに伸びて、風に揺れているという情景を詠んでいた。初めてその実感が湧いた。一晩にこれだけ成長するとは、到底想像の及ばないことである。大自然の営み、神の恵みを心眼に見た。私は除草機をそこへ倒して、しゃがみ込んだ。そして玉蜀黍の葉の一枚を両手で触った。露が手首を濡らした。葉の表面を撫でると、ピンと張っているその繊維の一本一本の呼吸が手に伝わってくるように思えた。自分一人の手で丹精して来た作物に、たまらない愛しさを感じた。乾いていた心に、次々と喜びが見いだされるようになった。

私は突如、二十年前の日のことを思い浮かべた。五つか六つの子供の頃、サボテンの花と向かい合っていた時のことである。庭の花畑で、握りこぶし大のサボテンに、濃い桃色の蕾がついているのを見た。百合の花のような形で、七、八センチの長さであった。その蕾の先が微かに動いた。開花する兆しである。じっと見つめていると、徐々に、徐々にほんの少しずつ開く。私は石に腰をかけて、飽くこともなく見守った。どの位の時間が過ぎたか知らない。私と花の間を邪魔するものは何もない。ついに花は開き切って、動きが止った。咲いた、咲いた、これで本当に咲いたんだなと思った。まだ感情を十分に表現出来ない子供心にも、開花の状態の神秘に打たれた。夕暮れ近くになって、私はやっと立ち上がった。私は誰にもそのことを話さなかった。それが植物について、初めて関心を持った思い出である。

　私が七歳の時に母が他界したので、私達兄弟三人は、その頃から農業を手伝わされて、遊ぶことは許されなかった。百姓は嫌だと言って都会へ出た私が異国の曠野を耕す運命を背負った。小さく小さく仕切られていた島の畑と較べて、何と雄大な景色であろう。隣の畑の持主は、半鍬でも多くの土を得たいと、境の崖を切り崩して耕地を殖やそうとする。それを防ごうと、何本も何本も杭を打ち込んでは、相手を憎んでいた父の哀しい姿を見るのは嫌だった。狭い土地にひしめいていないで、皆来ればいいのだ。これだけの大地がある。ほしい場所にほしいだけ耕作出来るこの沃土に、何故やって来ないのだ。この国では土地争いする必要はない。のびのびと暮らせる楽園だ、私は遠い祖国に向かってつぶやいた。

　ザッーという音にわれに還った。カルチペーターが、路上を引きずられた音である。馬が首を伸ばせるだけ伸ばして、あたりの草を喰い尽くし移動したのであった。

「古城よ、さあ始めようか」

　私は屈んで除草機のハンドルを持って起した。姿勢を整えて、手綱をしっかり握った。そうだ、玉蜀黍が実ったら、それを持って東寧に居る夫の許へ面会に行こうと思った。太陽はもうすっかり夏の朝らしい強い光を降り注いでいた。

面会に行く日はついに来なかった。日本は敗れ、私達の開拓団も山へ避難したり、遂には難民収容所へと追いたてられた。

「馬耕競技会」

神戸市民文芸集「ともづな」（昭和五十一年、五十二年発行）発表作品

今までに夫婦の間で、馬のことで言い争ったことはないではなかったが、一時の所有を巡って争ったのは今日が初めてである。一時間にも足りないその間の所有権を、それも旅先で。結局は生子が負けた。相手に負けてやったのだ。旅先ということが彼女を冷静にさせた。しかし勝った側の夫の信夫も素直に喜べなかった。そればかりか後味の悪い思いを、かみしめている風だ。そんな状態が八時間も続いている。

「あのバカ馬がいなければ、こんなことは起らなかったのに――」

生子は舌打ちした。どう思っても忌々しい。

すっかり闇に包まれた広野の道を、馬車の荷台に腰をかけて手綱を握っている。車をひく月山の蹄の音と、時時きしむ車輪の響き、後に続く夫のだるそうな歩調、竹花の足音は間がのびてガボッ、ガボッと聞こえ、それらが入り混じって耳に入って来る。眠っていても、月山なら間違いなく家の前まで連れ帰ってくれるので、安心していられる。つい先刻

まで見えていた満人部落の灯がすっかり隠れてしまったのは、湾曲した道を大分進んで来たことになる。何台も連なっている馬車の音も、人の話し声も一切聞こえないのは、かなりの距離があるのだろう。あちらを出る時は薄暗いという程度だったが、今は僅かに道路の白っぽい面だけが目につく。右手が崖、左側の向うは谷を越して低い山々が連なっている。静かな夜道は無気味なものだ。恐怖感と腹立ちと、両方のものが身体の中をかけめぐる。日頃の二人だったら、気をまぎらそうと高声で話し合ったり、笑い声を立てているだろう。

信夫が、今日の馬耕競技会の話をしたのは一昨日の午後だった。信夫は昼食に帰ると、すぐ本部の事務所へ行く。郵便物が来ていないかとか、新聞を読むのだとか言って、家にいることは殆どない。生子は食事の準備をして、馬の飼葉付をしたりしながら夫が帰るのを待つ。トラック便が毎日ある訳ではなし、街の弁事所から毎日連絡に来るのでもないが、信夫は事務所へ行くのが習慣になっている。かつて本部員になり損ねたせいもあり、今でもその望みを捨ててはいない。足早に帰って来て、興奮気味にその話をするのをふーんと軽く聞き流していると、出場するのだと言う。「調子者が」生子は腹の中で笑った。信夫がそんな場所へ出場すると聞けば、周囲の人もあきれるだろうと思った。

出場者は日本馬を飼育している者に限定され、自由参加で人数の制限はないという。三里余り離れた土地の秋田開拓団で開催する。地元の団員と隣の義勇軍の人達と我が団の三団体で技を競う。軍隊から管理を委託されている日本馬はそれ程多くはなし、腕に覚えの面々となれば大勢いる筈もない。そんな中へ首をつっ込むのだから「オッチョコチョイ奴」と思わずにはいられなかった。冷笑を見せる生子にたじろぎながら、信夫は言った。

「お前も出るんだよ」

「えっ、私が。団長が出ろと言ったの？」

生子は昨冬、推薦を受けて幹部講習会に二十日程受講に行ったことがある。その時、農耕面の話はなかった。

「いや、俺が申し込んだ」

「何てことを、あんたという人は？」

思わず声を大きくして相手を見据えた。

「私にそんなことが出来ますか。今年になってやっと馬が使えるようになったばかりで…団長が言い出したのならとにかく、恥ずかしくもなく申し込んだものネ。行きませんよ、取り消して下さい」

「でも、もうちゃんと登録しているよ。今更取り消しは出来ないよ」

「他に女の人も出るのですか」

「地元から、何人か出るだろう」

「分かるものですか、よその団のことが。私は行きませんから」

「競技会というのは、勝負だけにこだわる必要はない。参加することに意義があるんだ。お前の心意気を見せてやれ」

「団の内でならとにかく、よその団へまで行く心臓はありません。それに練習する間もないじゃありませんか?」

「今日と明日の午前中すれば充分だ。早速に行こうじゃないか」

信夫は何事も一人では出来ない人間だなと、つくづく思った。隣の義勇軍の本部へ馬の検査に行った時、それを感じた。二頭並べて、くつわを取って行く位出来るでしょう、と言ったが生子を無理に連れて行った。開拓祭の時もそうだった。舞台に出演したくて、生子を道連れに勝手に申し込んで来た時も一悶着あった。全国から集まって、東京府の開拓団として組織された団であったから、その方面では芸達者が多かった。元浪曲師もいたし、オペラの舞台に上ったことのある人等、多彩な顔ぶれで招待した満拓の職員達を喜ばせた。そんな中へ並びたがる信夫だった。生子を連れだすのは、内気ではにかみ屋というのではなかった。本当は臆病者だろう、とあの夜以来生子は思っている。

ある夜、庭先に積んである大豆の側で、獣のいる気配がした。信夫は生子の顔を見た。

「お前出てみいや」

「男が見に行くのが本当でしょうが」

「わしゃ寒い。お前みて来いや」

　声が震えている。狼かも知れないと思って、生子はローソクの火を手囲いして土間へ降りた。生子たちの家は川に近い一番端にあった。用心しながら入口のドアを開け、音のする方へ火先を見せるようにして様子を伺うと、放れ馬が大豆の山へ首をのばして喰っていた。暗いので誰の持ち馬か分からない。足をバタつかせると動きかけたので、追い打ちをかけるようにしゃがんで手に触れた小石を投げつけた。馬が駆けだしたので、深追いして曲り角まで行った。馬はそのまま走り続けた。

「馬だったのか？」

　信夫は枕元のランプをつけていて、身体をのりだした。

「そう、右へ曲ったから矢田さんか、吉川さんか、大方その辺の馬でしょう」

　亀のようにして、顔をねじ上げている信夫をみると、以前にうそぶいていた言葉が思い出されて、腹だたしくなった。

「時代が遅過ぎた。明治維新の頃だったら俺はさしずめ坂本龍馬だな」

　剣道を少しかじっていたようで、大見栄を切ってみせた。少し位は出来るのだろうと思っていたのだが、これでは驢馬のような龍馬だと呟き、クックッと含み笑いをした。

その時のことを思いだして、顎をつきだして言った。

「何にも出来ない無芸者でござんす、私は」

「詩吟をやればいいじゃないか」

シャアシャアとしている。どこまで妻を買いかぶっているのだろう、と身がすくむ思いがした。

「一人でも多く出て、賑やかに終らせた方がいいだろう」

「それはそうだけど、女の人もいますか」

「二、三人は出る筈だ」

信夫は話術がうまい。団員の間でより、子供や主婦達に好かれるタイプである。

「奥さん、その美しい声を皆にきかせなさいよ」

と、誰かをおだてて来たのかも知れない。信夫はのらりくらりと言葉を交し、何としても押しつけたい意志らしい。

「いいわよ。私が断りに行くから」

生子の言葉に、男の顔を潰すのかと険悪な表情を見せた。こんなことで喧嘩になるのも馬鹿らしいと思って、当日舞台にたった。プログラムの半ばに名前があった。女の出演者は他に一人、中年の人が民謡を歌った。生子の気持ちは少し楽になった。一人だったら、若いくせに出しゃばりと陰口をたたかれたに違いない。いつ、何が催されるか分からないものに、前以って歯止めして置くことは出来ない。何かがあると聞いた時には、信夫はもう話を決めて来ていた。世間の人から夫同様の人間に見られたくない、と生子は常に真面目な態度を崩さないように努めた。

信夫の持ち込んだ競技会出場の件で、午後からの仕事の予定を変えた。生子は畑への道すがら、白日の下でじっと見つめる馬体に栄養が充分ではないのと、手入れの不足をまざまざと見せつけられた。馬鹿正直に、大豆を供出するのじゃなかったという小さな悔いが湧いた。不正直な者に別段厳しい調査もなかった。ふと隣り部落の菊地青年の馬を思い浮かべた。本部へ来た時に見ることがある。堂々たる体格で、黒鹿毛の毛面は光っていた。競技会では馬の状態も採点される。あのコンビなら申し分ないと思った。菊地青年も立派な身体をしているし、馬を扱い慣れている感じだ。団の中ではあの人が一番かも知れない。口をきいたことはない。未知の者には不愛想だが、こと馬耕に関しては第一に指を折る。信夫が振り返って言った。

「何を考えているんだ」

「菊地さんの馬のこと。あの人とあの馬なら、誰の目にも上位の成績間違いなしと見るでしょう、ネ」

「分かるかい、今からそんなことが」

不機嫌な声だった。

生子は月山にプラオをつけた。一人で起耕をするのは、実に初めてである。刈取後の畝の盛り上った土へ刃先を押し当てて馬を追う。思っていたよりは難しい。プラオは鋤よりは扱いやすいと思っていたが、理想通りにはいかない。右へ左へ揺れ、その度に上すべりしたり、深くささり過ぎて馬の足を止めさす。畝を横に切ってみる。刃先が始終躍るような感じで、ハンドルをうまく操作しなければならない。両手の均衡を保つことは容易ではない。カルチペーターを扱うのとは要領が違う。除草機のカルチは、畝の真中を歩かせれば良いのだが、高低のある刈後は馬も歩き辛いだろう。端々で道具を廻す時も力が要る。刃が浮き上がった時、元へ戻そうと思う間に軽いので足早になる馬について行けない。やっと正常に構えると、わずかの手の動きで深くくい込む。一日や二日の練習で競技会に出るなんて無茶な話である。

「なかなか真直ぐには進めんわ」

「馬の前足を見ておれ。そこへ標準を合わせるのだ」

信夫は簡単に言う。

生子が一息入れるのを見て、信夫が竹花にプラオをつけた。信夫だって、今までは生子にくつわをとらせて、自分はハンドルを持つだけだった。勝手が違うので、口で言う程楽ではなさそうだ。生子は今度は砕土機を引かせた。日本の万鍬よりは重いし、能力も倍位だ。五十センチ角位の厚い格子板に、二十センチ位の鉄棒をさし込んだものである。それを二つ並べてつける。一番軽いのは畝立機だが、真直ぐに歩くように気をつけねばならない。信夫が馬を交換しようと言い出した。生子は気安く応じた。

竹花は知人の持ち馬である。その人が応召した後、乳児を抱えた妻は農耕をやめた。他に欲しい人はあったが、とにかく信夫が連れて来て、日本馬が二頭いることが自慢だった。輓馬で図体が大きい。まだ二カ月程世話をしただけだが、生子はどうしても愛情を持てなかった。月山とは対照的である。月山は乗馬用なので、小柄でスマートである。鼻面の中程に白い菱型の星がある。

「この馬は全体のバランスがとれているみたいネ」

生子はその馬が我が家へ来た日にそう言った。馬のことはよく分からない生子にもそう映った。信夫が答えた。

「これはなかなかの男前だよ」

「馬にも男前だの、美人だのってあるの？」

「そうさ、それはあるとも。よそのと比べてみぃ。鼻の先まで白が流れているより、星の方がいいよ。流れでも細く真直ぐなら又違うけど。こいつは男前の部類だよ」

それから生子は日本馬の面をよくみた。確かに他の馬より優れているし、目の涼しさが何とも言えぬ愛らしさだ。世話をしているうちに接し方にも慣れた。顔を抱いたり、手に塩を載せてなめさせる。掌から指先にと丹念になめ、舌で手を巻き込んで口に入れ軽くかんだりすることもあった。栗毛の身体を光らせようと金櫛でかいては、ブラシをかけた。この頃では脚を持ち上げて後に折り曲げ、蹄の裏の掃除をすることも出来る。

竹花の顔付には、好きになれないものがあった。目にずるい感じが見える。年齢も古いようだし、意地悪婆さんの相を想わせる。

「なんでこんなの連れて来たの？　先方から頼まれたのなら仕方がないが、自分から頼んで借りる程の馬じゃないわ」

「日本馬が二頭いれば仕事もよく出来るしさ、それに奥さんが貴方なら優しい方だから主人の留守中何でも相談に乗って貰える。他の人を断るから……って」

「えらい又信頼されましたこと」

竹花が来た時、そんな会話をした。その後信夫が彼女のために薪を割っているのを見て、皮肉を言った。そういうことも竹花に影響している。

竹花は力があるので、プラオを軽く引っ張る。生子はプラオを真直ぐに立て、倒さない様に心した。幅広く起そうが、深くくい込もうが平気で進む。ハンドル操作に気をつければ、持久力も持っていてこちらが良いかも知れない。生子がいい気になったとたんに、竹花はドタドタと歩き出し、足をとめた。小便や糞をする時、彼等は立ち止まる。望み通りにしてやると、仕事が嫌になるとそれをくり返す。竹花は生理現象ではなかった。デンと地面に足をつけて動かない。手綱で打つ位ビクともしない。振り返ってジロリと顔をみる図々しさである。前に廻って引っ張ると申し訳のように歩きだすが、プラオへ手をかけるとまた止る。生子は手綱を投げだして溜息をついた。

「やめた。私は出ませんよ。こんなバカ馬相手では格好が悪い。貴方一人で出て下さい」

生子は馬の横腹へ大きな土塊を投げつけた。そんなこと位では平気だという面構えを見ると、又怒りが湧く。信夫が仕事をやめて、生子が投げ出したプラオを起した。

「コラッ、動け」

竹花は神妙に動き始めた。

「ホラ、大丈夫だ。やるではないか」

竹花は手綱が生子の手に渡ると歩みをとめた。手綱で続けざまに打っても効果がない。

「お前なめられているんだよ。馬は利口だからな」

「じゃ、私が馬鹿だと言うの？」

以前にその言葉が元で大喧嘩をした。その時は、月山のくつわをとって歩いていた。カルチをかけていたのだが、馬の歩調が乱れて後部の外刃が度々作物の畝をすくった。生子は疲れて、どこを歩いているのか分からなかった。馬のくつわを持っていても、手にも足にも感覚がない位だった。馬にもたれるようにして無意識に足を運んでいた。顔を上げると目の前に黄色のシャボン玉がふわふわとんだ。その現象はいつもよりひどかった。目の前から無数に湧き出て、大空へ向ってとび散る。

「何でシャボン玉がとぶんだろ」

生子は顔の前を手で払った。

「お前、大分疲れているんだな」

その声には同情の感があったが、ヨタヨタと歩く背に荒い言葉がとんだ。

「馬鹿っ、どこを歩いているんだ。見ろ、大豆が皆ひっくり返っているじゃないか」

生子は発芽したばかりの大豆が、薙ぎ倒されているのを自分の目にはっきりと見た。

「コラッ、まっすぐに歩けッ」

生子は馬体を押しやったが、微動もしない。汗だくの動物の臭いが強く鼻についた。

「てめえ、なめられているんだよ」

生子は手綱の先の結び玉のところで、馬の首をしたたかに打った。あれだけ世話をしてやっているのに、と無性に腹がたった。

「すぐに馬に当りやがる」

「そんなら一人でおやんなさい。よその人は一人で馬を使っています」

その一言に、信夫はカルチをそこに放り投げて生子をつき倒した。そして破れた靴の先で足蹴にした。起き上ろうとする背中を踏みつけて、更に灼けついた土の塊を衿の所から背中に押し込んだ。汗だくの肌にへばりついた。さすがに生子はふてくされて動かなかった。なめられている、という言葉は生子の心を猛らせる。団の女の中で、私程長時間働いている者はいないだろうと、いつも思う。訓練所の主事の信頼にこたえて、夫をたてて来た。体力のない根気のない夫でも、三年近い間に夫婦という気持ちになり切っている自分を哀しく思う。内地だったらこんな中で我慢しているだろうかと思いながら、苛酷な労働に耐えている。信夫は生子の心を読みとっているかのようなことを、時々言う。

「家ではお前がいるから持っているんだな」

団長の家へ満拓の指導員が来て泊った夜、生子を連れて押しかけ訪問し、頃合いをみて日記帳を見せて言った。

「この通りで、家内は私の倍位働いています。僕は頭が上らんのですわ」

「いや、この人は実によくやりますよ。僕が訓練所へ寄った時も、主事がほめていた」

団長も言い添えた。信夫がしまりのない顔でうなずくのを見て、生子は恥ずかしかった。

二人共仕事の手を休めて、向い合ったまま立っていた。腰の手拭いで顔や首の汗を拭いて沈黙を続ける生子の顔は、堅い意志を表示していた。抑揚のない声で言った。

「とにかく競技会には行きません」

「そんな…今になって無茶を言う」

「貴方が勝手に申し込んだのでしょうが。私は知らないことですから断ります」

「じゃ俺が竹花を使うよ。お前は月山を使え。そんならいいだろう。行くだろう」

「無理をしなくてもいいわよ。私が行かなければ、貴方は月山で競技出来ますもの」

生子は冷たく、表情を変えない。

「なあ、そういうことで話を決めようや」

「貴方の約束は当てにならないから——」

「いや間違いない。約束するよ。行けよな、行ってくれよ。頼むわ」

信夫は煙草をつけた。馬達は解放されたと思ったのか、勝手に動きだした。生子は信夫の表情を探った。その煙草も、止めるよと約束したことがある。現金の支出は煙草代が一番多い。生子の衣類も底をついたので、つい苦情も出た。現金収入は少ないので、どこの家庭でも同じだろうと思った。禁煙を誓った翌朝来た知人が「どうぞ」と差し出した煙草の箱に、信夫は手をのばした。生子の注意する声に、苦笑しながら火をつけた。約束を守ったのは十時間程だった。ないから仕方なく我慢していたに過ぎない。生子の思惑等知らぬ顔に、信夫は倒したプラオに腰をおろして、ゆうゆうと煙を吐きだした。


開会式の挨拶に続いて、二、三の注意があった後、皆サッと散った。生子が先番だ。

「お前が先だな。良かったよ、午前中が」

「ええ」

生子は緊張していた。女は一人である。三、四人見た人達は、見学らしい。不安が湧くのは当然だ。大抵の女が、六、七十人の男の中に一人混ったら、同じ気持ちに違いない。それ等の男性と比べる腕は望めないが、一通りのことはやり遂げて見せるのだと気負っていた。もの珍しそうな視線や、感心したような真剣な顔に出合いながら、馬の側へ戻って来た。生子は月山に近づいて、鼻面を撫でた。

「月山頼むよ。しっかり動いておくれ。帰ったらごちそうするからな」

月山は顔を寄せて来た。返事のように思えた。

「そうか、そうか。分かってくれたか」

生子はピシャピシャと、その首筋をたたいた。側の竹花が、前足で地面を掻いた。馬具を載せようとした時、信夫が声をかけた。

「待て生子、月山は若いから人慣れしていない。大勢の人が騒ぐと驚いて暴れるかも知れん。危ないから俺が使おう」

生子は信夫の顔を見た。

「それじゃ約束が違うわ。竹花なんか嫌いッ」

「大丈夫だよ。竹花だって動くよ」

「そんな言い逃れして。昨日あれだけはっきりと言っておきながら、卑怯じゃないの」

「……」

「そんならいっそ止めようかしら」

「そうはいかんよ、この場になって…大丈夫だよ。俺が道具を運んでやるから、お前は馬を連れて行けよ。皆、行き始めたよ」

生子は夫を睨みつけた。家であったらこのままでは済ませない。口論で相手を負かすか、相手を無視して行動するかのどちらかだった。旅へ来てまで夫婦喧嘩も出来ない。駄々っ子のように無理に欲望を通す信夫の性格を情けなく思った。あれだけ堅く言っておきながら、自分の言葉に責任を感じない。それを恥とも思っていないようだ。自分でも竹花の劣っていることを承知しているのだ。生子もやはり、他人の中では少しでもいい格好をしたい。一度手こずった馬では不安が先にたつ。健康体を誇る生子だったが、この場では急病に襲われるのを願った。頼りない夫でも、今日は事情が違うのだから、約束は守るだろうと今の今までそれを疑わなかった。夫を見限った。信夫が再び農具を運びに来た。生子は最後の抵抗を試みて、動かないぞという態度を見せた。

「皆、大体揃った様だ。早く行けよ。他の人に迷惑をかけるから」

敵意を見せる生子の目にたじろぎながら、竹花の手綱をほどいて生子の前につき出した。生子は仕方なく立ち上がった。その手綱を引っつかむと「来いッ」と怒号した。やけくそになっていた。

一区画は一畝位の面積である。粟の切株が立っている。合図と共に鞍を載せ、腹帯をしめる。首輪をかけて鞍と接続する。引綱をつけ、プラオの棹の先の金具を引っかける。両手綱の輪を左肩から右脇へ廻し、プラオを起す。周囲の視線にどうしても上がり気味だ。ただ一人の女の出場者に興味があるらしい。頭の中が先に走って、手が思うように動かない。

「ハイッ」

気負ったかけ声と共に、線の内側へ追い入れた。外廻りに馬を進める。夫が注意してくれた通りに馬の前足の位置を見、刃先の起し幅と深さを見て、ハンドル操作を加減する。焦るなと自分に言いきかせながら進む。「ほう、うまいもんじゃ」「大したものじゃ、あれだけ出来れば」等の声が聞こえる。生子はホッとした。二廻りして三廻り目にかかった時、竹花が足をとめた。ハイッ、と声をかけたが動かない。手綱でピシッと打っても反応がない。二度三度くり返してもビクとも動かない。昨日と同じだ。生子は焦った。バカ馬ッ——生子は腹の中で叫んだ。立往生しているのを救ったのは団長である。くつわを取って引っ張ると、竹花は歩きだした。生子は悪びれずに進んだ。団長が徐々に身体を後にずらせて手を放すと、馬の足の動きは止んだ。先刻と同じ姿勢で、勝手にしろとばかりに落ち着いている。

「コイッ、横着者奴が」

団長がそう言いながらくつわを取ると、又素直に歩き出す。「ホンマに横着モンじゃのう」一人の声に、周囲の者がどっと笑った。団長は歩きながら、信夫の方へ顔を向けた。

「元井君、くつわを取ってやれや。これじゃ仕方がない」

信夫がくつわを取って、起耕を終らせた。もう畝立てをしている人もある。

「これで止めます」

生子はそう言って、プラオを投げ倒すと控所の方へ向って駆けだした。恥ずかしさで一杯だった。やっぱり止めた方がよかったと思った。仮病を使えない正直過ぎる自己に腹が立った。団長にも恥をかかせる結果になった。夫の裏切りを憎む激しい怒りで、胸の中は煮えくり返っていた。信夫が馬の手綱を引っ張り、畝立機を肩にして戻って来た。竹花を車輪に結びつけて去った。生子は側へ寄った。

「このバカ馬奴」

生子は竹花の鼻面を手綱で打った。竹花は後ずさりした。続けざまに二度強く打った。綱が一杯に延びて車が動いた。農具を運び終った信夫が、生子の側に来て言った。

「よくやったよ。えらかったよ」

生子は返事の代りにジロリとその顔を見ただけで、又うつ向いた。近い所なら一散に家に向って駆けだしたい思いであった。

「あんなに動かないとは思わなかったよ。俺があいつを使えば良かったなあ」

信夫は優しい声を出し、肩へ手をかけた。精一杯に慰めようとしている姿勢をみせている。「ふーん、何を今更」生子は腹の中で呟いた。その気持ちを初めに持ってくれたら、平穏に競技を終えることが出来た筈だ。今頃は二人で笑いながら話し合っているに違いないのだ。食事時にも一言も口を利かなかった。信夫が月山を追って、どんな作業振りをしたかも関心が湧かなかった。長い孤独の時間が過ぎた。

閉会式に生子は肩を落して並んだ。その生子の心を鎮めたのは、満拓の審査員の一言だった。その声だけが耳底に残った。

「好成績を収めることは出来なかったが、紅一点の参加を見たことは誠に嬉しい」

散会になると、皆は気負いたって帰り仕度を始めた。あたりは夕闇が漂い始め、気温も冷えて来た。生子は、がむしゃらに馬車を幹道の方へ進めた。先頭を行くのは危険だ。一台、二台と見送り「サア行け」乗り入れた。男達は早駆けさせている。カツ、カツと蹄の音が響き、ガラガラ廻る車輪が混ざって、騒々しくあたりに広がる。信夫は驚いて、竹花を引っ張って生子の馬車を追いかけた。

「後になれ、危ないから後になれ」

と叫ぶように言う。聞こえない振りをして、生子は手綱をゆるめなかった。「駆けろ、馬と一緒に駆けろ。三里の道を駆け通せ」と、腹の中で叫んでいた。

「後になれ、後になれ」

信夫は言い続ける。生子は仕方なく徐々に道路の端の方へ馬を追い出した。

「ゆっくりやれ、もう家に帰るだけだから」

信夫はハアハアと大きな息をはいている。列を離れると、生子は手綱をゆるめた。その脇を馬車は次々と走り抜けた。月山の四本の足が交互に地を踏む音が、はっきり聞こえる。この調子だったら家に帰りつくのは大分遅くなるだろう。

「待て、馬をとめろ」

信夫が言った。用足しでもするのか、こんな淋しい所でと不満を露骨に声に出して「ドウ」と言って手綱をぐいと引いた。

「その辺で粟穀でも拾って来る。今夜の草が充分にないんだろう」

信夫は竹花を車の後に結びつけて、道下の畑へとび降りた。闇をすかして見ると、束ねたものを寄せ合って立ててあるのが、黒く浮かび上がっている。その塊があちこちにある。信夫は崖の下から放り上げ這い上がって来た。車に投げ込んだのを見ると、一抱えもある束である。大きな穂がブランブランと揺れ、ザワザワと葉ずれの音がする。満人が来なければいいがと案じた。盗みの現行犯の仕置の話を聞いたことがある。残虐な方法で苦しめていた、と団員の一人が目撃して来たように話していた。生子は馬を追う構えをして「いいですか」と聞いた。

「もう一束とって来る」

竹花が旨そうに喰む音が聞こえる。夫が一人で来たのなら、自分はたっぷり草刈りをして、彼等の帰りを待ち侘びている頃だろうにと思う。夫が盗みをするのを止めることが出来なかった。畑の主は怒るだろうなと思った。

「ようし、車を出せ」

信夫が言った時だった。ウォー、ウォーと吠える狼の声を聞いた。その瞬間、月山の耳が動いた。こんなに近い所で狼の声を聞いたことはない。生子の胸に夫への激しい怒りが新しく湧き上がった。馬鹿奴、こんな所でマゴマゴするからだ。せっかくいい位置に車を並べていたのに、邪魔をしくさってこんな目に遭わせる。とびかかっていきたい気持ちをぐっと抑えた。ここで喧嘩をして何の益があろう。腹だたしい相手でも協力してこの場を逃げることが肝心だ。生子は押えた声で言った。

「あなた、狼ネ」

「ああ、馬をとばさせるな」

「はい、分かりました」

生子は緊張した声で、力強く答えた。

「あなたはすぐに煙草に火をつけなさい」

命令するように言い、焦って駆けだそうとする馬の手綱をしっかりと摑んでいた。狼は一定の距離を保って相手に従いて来ると聞いている。下手に駆け出されて、道路端の崩れに車輪をはめたら大変だ。生子は行動とは反対に腹の中では、夫を罵倒し続けた。「馬鹿奴、のろま奴、何てへまをしやがった」たぎる怒りは容易に鎮まらない。こんな時に縋りついて行ける夫が欲しい。八歳年上の男に期待を抱いて嫁いだが、事ある度に垣根の役をしなければならないのである。前方の闇に目を据え、ともすれば走りだそうとする馬を懸命に押えていた。カッポ、カッポと乱れのない足音が続いている。目の前に灯が見えだした。満人の部落が近い。やっと緊張がほぐれた。夫は何本煙草を吸ったのだろう。

「もうここまで来れば大丈夫だ」

生子は独り言のように言って、大きな息を吐きだした。そうして首を右に左に振った。

「ああ」

信夫の声がすぐ横で聞こえた。

神戸市民文芸集「ともづな」（昭和五十一年、五十二年発行）発表作品

「労務職」

最後の一人の乗客である高木栄三は、ゆっくりとバスを降りた。胸の中は後悔の念で一杯になっていた。一時間近くも遅くなったのだから、相手はもう待ってはいないだろう。しかし兎に角降りた。終点だから残る訳にはいかない。車窓に顔を押しつけるようにして見廻したが、その辺りには、空色の袖のない服を着て、帽子をかぶった若い女が一人いるだけだった。誰かを待っているのだろう、と気にもとめなかった。ステップを降りる前に、手にしたこうもり傘を先に地につけて、身体を支えるようにした。一足歩きだした時、右足を少しひきずっているのが目についた。

「何てへまをしたもんだ。昨日あれだけ細心の注意をしておきながら、これでは皆水の泡だ。我ながら何てどじな人間だ」

ぶつぶつ言いながら、顔の汗を拭いた。路面のほてりが身体を包み、強い太陽の光をまともに受けたせいばかりではない。自分のへまに対する怒りが、全身から汗を吹き出させ

た。手紙でバス到着の時刻を記し、電話で会社の人に伝言をくどくどと頼み、それでも不安で夕方電報を打っておいた。あれだけ誠意を示しているのだから、待っていてくれてもいいではないか。未知の相手に期待をかけて、辺りを見廻した。それらしい女は見当らない。四十八歳という年齢を頭の中において、つつましく、上品な地味なスーツを着て、日傘をさしている女の姿を追い求めた。街の中央にある国鉄の駅の表側だけに、出入りする人は多い。駅の構内へも目を向ける。

「モシモシ」

高木栄三は背後から呼ばれた。バスの窓から見た、空色の服の若い女だった。栄三はドキンとして、一寸まぶしさを感じた。

「ハア、私でしょうか?」

「失礼ですが高木さんではございませんでしょうか?　立川でございます」

近寄って来る立川由枝と向き合った。高木は、まばたきをして目の前の女を見た。

由枝は、高木の手紙で足が悪いから、晴雨にかかわらず年中こうもり傘を持ち歩いている、と知らされていたのですぐ気付いた。モニター名簿には七十歳と書いていた。由枝は県政モニターの二回目の会合の席上で、銀髪をオールバックにした老紳士と隣り合せになった。立派な意見を述べるし、活発に発言するその人を、何となく医師のように思った。その人の好印象が胸の中にあった。

高木栄三から突然手紙をもらった時、誰だろうと首をかしげた。読み進むにつれて、同じ県政モニターだということ、会っていろいろと話し合いをしたら、お互いに勉強になるだろうという内容は摑めた。その手紙はくずし字で、候文で書いてあり、判読に手間取った。「わあ、これは明治のおじいさんだ」と、思わず言ってしまった。戦死した夫も明治の末年生れで、毛筆で候文を書いたりしていた。手紙を読んでから名簿をくり、郡部に住居している七十歳の人であることを知った。由枝は町名を読むことが出来なかった。

何気なく返事を書いたのがいけなかった、と後悔する羽目にかかった。自分に近づく口実だと分かった二回目の手紙から、続けざまに手紙が来た。手紙ではらちがあかないので、とに角、一度会ってはっきり断ろうと由枝は心を決めた。若い男女が週刊誌などで、文通を始めるように、七十歳の老人がこういう公けのものを足場にして、手紙を書く心臓には驚いた。

銀髪の品の良い老紳士が、こうもり傘を杖にして歩いている姿を頭に描いていたが、そこに見るのは大柄な百姓の親父みたいな男である。ゴマ塩頭を丸苅にして、精悍な顔付きをしており、グレイのズボンに濃い茶色の半袖の開衿シャツを着ている。由枝は声をかけるのをためらっていたのである。

「あっ、貴方が……」
高木はまた吹き出す汗を慌てて拭いた。言葉が出て来ないで、汗ばかり出た。この人が
――想像していたのと大違いなので、驚きととまどいがあった。
「いや、どうも暑いですな…」
汗を拭く言い訳のように、暑いですなあを繰り返した。言葉の出ないもどかしさを、そ
れでまぎらせているように思えた。
「このバスでお見えにならなかったら、帰ろうと思って居りました」
由枝は丁寧な口調で言ったが、不興の色が面に現われていた。
「いや、何とも申し訳ありません。慌ててしまって、遠廻りの急行へ乗ってしまったもの
ですから……いや、しかしお若いですなあ」
高木は汗を拭く手を止めなかった。内心の動揺を隠すしぐさでもあった。高木は今日の
デイトで完全に由枝の心をつかみたい、と願っていた。つかめると確信した。モニター名
簿の中で、四十八歳、労務職と記されていた。その文字から受けるイメージでは、失対労
務者の像を描いていた。工事現場でお茶湧かし等の雑用か、街を清掃して行く車に、従い
て歩く女達。そんな仕事をしている後家さんなら、家を持ち、家作を持ち、兎に角会社勤
めで何とか生活出来る男から、誘いの手を向けたら寄りかかって来るに違いない、と簡単

に考えていた。その後の手紙で、会社の社員食堂の調理室で炊事を担当しているのを知った時、去った妻を思い出した。

交通事故で足の怪我をしてから、すぐに別れた。長い入院中に、世間によくある年下の男と仲良くなった。子供もいないし、当時は未だ前からの豊かな生活が続いていたし、妻は年齢よりも遙かに若く見えた。栄養士の資格も持っていたので、いざとなれば簡単に就職出来る強みもあった。背を向けられると意地で、妻の望み通りに別れてやった。由枝が道路で働いているのではなく、妻だった女と関連のある仕事をしていることは、さらに嬉しかった。手紙を交換しているうちに、もうすっかり意中の人のような錯覚を起していた。

一方、由枝の手紙には、ちっとも心が動いている様子は見られなかった。勤めの他に、趣味に時間をかけたり、その人達との交際にも忙しいから、とてもお会いする時間はないと断っていた。簡単に返事をしてくれないところが、かえって高木の心を引いた。つつましい人柄を思わせ、趣味というものもきっと品のいいものだろうと想像するのだった。

「なあに、この時世だもの、楽に生活させてくれる男となれば、女はついて来るさ。死後は財産をそっくりやると言えば、嫌という女はない。金の世の中だよ、一切が――」

高木は今朝もその言葉を口にし、それに勇気づけられ、自信を持って家を出た。戦後の物資が不足していた頃は、危険を冒して闇商売をして警察に捕まったり、留置場で日を送ったりした。金に物を言わせて、好きなように暴れていた頃は、全く面白かった。今でも当時の気魄は持っているぞ、と一人で力む。

「こんなところで立話も何ですから――」

辺りの人を気にする由枝の言葉を、ひったくるように高木は言った。

「私の商売上の知り合いがいますから――もう店は開けているでしょう。先ずそこへ行きましょう」

高木は、待たせた詫びもかねて、充分にもてなしをしなければならないと考えた。大男の高木から見ると、由枝は小柄で洋服向きの身体付きが心を引いた。高架沿いの道路は、暑い砂埃が上がった。由枝は少し離れて歩いたが、行き合う人からジロジロ見られてきまりが悪かった。この道は一度修二と歩いたことがあると思った。修二と一緒の時は若者のように身体をくっつけて歩く。もう十年も交際して居り、年も一つしか違わない堂々とした美丈夫である。博識で良き指導者として尊敬も愛情も深まるばかりである。修二の過去は由枝とは違っていた。彼の運命が順調にいっていたら、二人は会う機会はなかっただろう、と思うことがよくある。高木の背に銀髪の老紳士の像を重ねた。＝女に交際を申し込む位の男なら、もっと男の魅力を持ってなくちゃ＝由枝は呟いた。これから何処へ行こうというのか？　高木が振り返っては何か言いかけると、「ハア、ハア」と、いい加減な返事をした。あくびが出そうになる。

高架下の喫茶店へ入った。冷房が強過ぎる程に効いている。よほど拒否しようかと思うのを、我慢して入った。二組の客があり、女二人は中年の人で、保険の外交員らしい。もう一組は、すぐ近くから来たと思われるサンダルばきの若いカップルである。テーブルや椅子の桟の埃が見えて、居心地が悪い。

「何にしますか?」

高木が顔をつきだして聞いた。

「何でも結構です」

「しかし……」

「何でも結構です。貴方がご注文なさるものを頂きましょう」

高木はコールコーヒーを注文した。由枝は冷たいものは控える方だが、どうせすぐに出るのだからと口をつぐんだ。若いカップルが次々と入って来た。青年達は殆どが長髪である。高木が顔を戻して言った。

「あの長髪というのはどうも不愉快ですな」

「ハア、私も余り好きではありません」

「だから私は丸苅で通しているんです。清潔ですから」

くだらない話題をいつまでも引っ張って貰いたくないと思って、顔をそむけた。一人の青年が立って行ったと思うと、流れていた歌声が大きくなった。

「今頃の歌は、面白くないのが多いですな」

「ハア、まあーねえ」

由枝は席をたつ機会をねらっていた。兎に角、約束通りに、会うだけは会ったのだからこれで義理はたつ。早く忘れてしまいたい人である。若い人達の視線がじっと注がれているような気がする。ヒソヒソ声が、自分達のことを話し合っているように思える。高木が上体を前屈みにして、少し声を落とした。

「実は私は十年前に家内と離婚しまして、現在は独りなんです」

「……」

漸く本筋に入って来たと思った。由枝は胸の中でフンと言ったが、表情は動かさなかった。いつ本音を吐くか、意地悪く待っていた。

何が県政についての話し合いだ。それなら会議の日に来て、意見を発表すればいいのだ。それにこと寄せて近づくことが、目的だったのだ。始めからそう書いてくれれば、誠実さだけでも買ったはずだ。そうして折角のご厚意ですが、私には夫同様の相手が居りますので、と丁寧に断り状を書いたであろう。真意は察しながらも、こちらも知らぬ振りを通して来た。もっとも単なるペンフレンドなら、文通してもいいとも考えたのである。今までもペンフレンドは大勢いた。ラジオの英語のテキストを通じての人達で、どちらからともなく止めてしまうのが普通で、一方的に写真をくれた人も何人かある。皆、親子程の年齢差のある青年男女で、中には現在医師になっている人もある。ペンフレンドなら、誰とでも交際する。それは修二との間に別段何の支障もない。対話をするのも由枝は、同性よりも異性の方が好きだった。話題が広く、社会問題や政治問題にまたがる。その中から学んで来たことが多い。高木の手紙の二回目まではよかった。三回目から一方的に来るようになり、会社へまで訪ねて来そうな状態に思えた。あの老紳士の来訪なら誰にとりつがれても恥ずかしくないが、未知の変な人の来訪は受けたくなかった。誰にも知られないで、片を付けたかった。大半が独り者の女の職場は、異性問題には興味を持ち話題にされる。直接会ってよかった、とホッとした気持ちになっていた。

「妻は栄養士でした。貴方と関連のある仕事ですな」

「ハア……」

由枝は、高木の話に乗っていけない。

「私とは不似合な、大きな家の娘でしたから、気の強い女でしてネ」

「……」

「私はあの当時、つまり終戦当時は随分と思い切ったことをしました」

高木は過去を偲ぶような顔付きをした。

「ヤミの穀物を大きく動かして、随分金を儲けましたが、没収されて大きな損もしたり、留置場で過ごす日もありました」

「………」

高木は雄弁になり、当時の自分に酔っているようだった。

「車は早く持ちましたから、若い番号でしたよ。事故で足を怪我した時に、きれいにやめました」

「………」

由枝はわざと自分の時計を見、店の時計を見た。そしてわざと大げさな身振りをした。

「もうこんな時間ですネ。午後にも人と会う約束がありますので、早くお暇しなくちゃ」

誰でも使う古いやり方とは知りながら、この人にはこれでなければ通じないだろうと思った。

「私も意地で一人で通して来ましたが、やっぱり相手も欲しいし、身の廻りの世話もして貰いたくなりましてネ」

「………」

「貴女には未だお分かりにならないでしょうが――この年齢になって、一人で居ると侘しい時があります。もっとも身体の方は健康ですから……私の年を当てる人はありませんよ。十歳も十五歳も若く見られるんです」

高木は大きな右手で顔を撫でた。動作は鈍いが、ゴツイ顔は油ぎっており、精悍な感じがアンバランスに見えた。

由枝は父のことを思い浮かべた。年を取ってから寺へ出入りし、侍者として仏事の時は住職と一緒に出かけ、家では自給するだけの百姓をしている。大師様や、観音様の縁日には老人達に話をするのを楽しみにしている。花作りが好きで、乏しい小遣いで遠くの試験場から買ったのだというバラを大事に育てていたこともあった。旅行にも良く出たし、古事を調べるのが好きで、話の材料を常に仕込んでいるという感じだった。父に見る限り、老人の侘しさ、悲しさを垣間見したことはなかったので、そんなものとは思ってもみなかった。

「私の父は八十二歳になりますが、寂しいと言ったのを聞いたことはありません。多趣味でいつも忙しく動き廻っています」

「お父さんがいるのですか?」

高木は改めて由枝を直視した。彼女を口説いても、その父親を引き取らねばならないことになったら大変だ、という思いがあった。それが声の上にも表われた。

「……私もう失礼します。正午になります」

「いいではありませんか、食事をご一緒にどうです」

高木はメニューを書き連ねてある方を見た。チキンライス、カレーライス、ヤキメシ等の簡単なものばかりである。激しい労働の後ならおいしいだろうが、毎日調理室で食物を作っている者には、およそ食欲を起させない。

「いいえ、私は結構でございます。お宅様はどうぞごゆっくりと――」

「そう言わないでつき合って下さいよ。チキンライスはどうですか？　ハヤシライスは？」

「いいえ、私は本当に結構でございます」

「貴女、あそこへ行って二人分を注文して来て下さいよ。貴女のお好きなものを――」

「………」

冗談じゃない。貴方の嫁さんではありませんよ、何で私が注文しに行かなきゃならないの――由枝は聞き流していた。仕方なく高木は立ち上がって、足を引きずりながら歩いて行った。由枝はその間に帰り仕度を始めた。ハンドバックを膝の上で開いて、その中で鏡を斜にして顔を覗き込んだ。そうして帽子を手にした。席に戻った高木は慌てて止めた。

「とに角、二人前注文したのですから、食べてから帰って下さい」

恥をかかせるのも悪いと思って坐り直した。

「ところでお子さんは？」

「おりません」

「それはお寂しいことで……亡くされたのですか？」

「いいえ、始めから」

子供は欲しくない、と胸の中で呟く。由枝は額から左の目尻にかけて、五センチ位の傷跡がある。上手に髪で隠せば、人に気付かれずに済むこともあるが、子供の頃はまともに人目についた。生え際が上に向いた髪の毛は、下へ向けてもすぐ自然の生え方の姿に戻った。それをはやしたてて喜ぶ子供達がいた。学校時代の嫌な思い出が子供嫌いにした。心に受けた傷が如何に大きいかは、現在でも他人の視線がそこへ集中しているかと恐れることがある。

「じゃ、失礼ですが結婚はなさらなかったのですか？」

「いいえ、主人は戦死しました」

「戦死ですか、それから今までお一人で……お寂しいですな」

「別に――」

由枝はカラリとした返事をした。

「私はもうこんな年齢ですから結婚というのは何ですが、まあ一緒に暮して面倒をみてくれた女には、死後家をやるつもりです。五部屋に一寸した庭付の家と、家作が二軒あります。財産というのはそれだけですが。貴女はご自分の家ですか」

「アパートです。郷里は遠いものですから」

「都会で家を持つことは大変ですからね、まして女一人では無理ですよ」

「始めから考えたことはありません。それほどの能力もありません者でして……」

由枝は、知能指数は低い方ではないと思っている。しかし顔のことで、心に傷を受けていることが、消極的にさせる。女にとって顔の傷は、何にも勝る痛恨事だと思う。それはまた、人の運命も支配する。無用な心を煩わさなくてもいい生き方を望んで、大陸の開拓団員に嫁いだ。親兄弟の心の負担にならないように、一人でことを運んで、周囲の者には何の心配もかけなかった。戦時中ということもあって、結婚相手がなくて困るという声の中で、学友の中では早い方の結婚だった。突然に、満州へ行きますという手紙を送って、家人を驚かせた。幸せな家庭ではなかったが、恩給を貰っている現在は、一部の人々から羨望の目で見られている。高木の言った「家」という言葉は、耳に充分な響きがあった。

「会社で勧めてくれる人もあったり、相談を持ちかけて来る女もあります。この間も相談に乗ってやった若い未亡人、三人の子持ちでしたが……二人の関係は適当にして、子供が育つまで側へおいてくれと言うんです。三日程で出て行って貰いました。一人か二人なら兎に角、三人の子を養うというのはしんどい話です。小さな企業の嘱託という身ではネ」

カレー皿が運ばれて来て、高木の前に先に置き、それから由枝の前においた。この店は男性優位だなと思った。

「さあ、どうぞ」

高木はスプーンを手にした。由枝はカレーは嫌いである。調理室でも月に三回位はカレーの献立の日がある。大きな鍋にドッサリ作ると食欲も湧かない。カレーの時は味見をするだけである。

「割合おいしいんですよ」

高木は食べ始めていた。由枝はバスを待っていた時、彼を会社の直営のレストランへ案内しようと考えていた。一応会う約束をした以上は、こちらが案内するのが礼儀だと思って、心準備をしていた。その出費は不要になったが、こんな場所でカレーを食べる羽目になろうとは、忌々しい思いがした。

「女を誘うには、もっと気のきいたやり方でなければ、成功しませんよ」

由枝は腹の中で悪態をつきながら、少しずつ口に運んだ。

「じゃ、貴女は今お父さんとお二人で?」

「父は田舎に居ります」

「ではお一人で？」

高木の言葉に力がこもり、顔に明るい表情が漲った。死後に財産を全部やると言えば、大抵の女が計算するだろう。七十歳と言えば先の見えている老人だ。その後、ゴッソリ入った物を処分して、好きな生き方をすればいい。好条件である。それに恩給を貰っていれば、それはその儘溜めておけばいいのだ。現代の女は利益に敏い。この女は頭が働きそうだ。その計算はするに違いない。高木は上機嫌で、食事が進む。スプーンをいろいろな形に動かす。向う側から引っかけて来たり、手前からすくい上げていったり、忙しく駆使して忽ち空にした。由枝は端の方から行儀よく半分食べてスプーンをおいた。

「もう上らないんですか？」

「ハア、働かない日は食欲がありません」

「じゃ、私が頂いても宜しいですか？」

「ハア、構いませんけど――ではこちら側の手をつけてないところだけをどうぞ――」

「いや、皆頂きますよ。勿体ないから」

高木は健啖家振りを発揮して、満足そうにコップの水を飲み干した。それは腹の満たされたのと同時に、由枝と同じ皿の物を喰ったという喜びでもあった。

「今は——お一人なんですな？」

高木は確かめるように言った。

「ええ……でも男友達があります。」

「……」

明らかに高木の顔には動揺の色が浮かんだ。

「その人はどんな人です？　良い人ですか？」

「ええ将校でした。年齢も一つ違いです。仲々に博識ですし、何かと指導してくれます。私には過ぎた相手です……ハア、もう十年になります」

「それで、何故結婚なさらないのですか」

「お互いにそれぞれ事情がありまして……男女の間で、結婚ということをそれ程に重視する必要はないと思うんです」

「そうですか——そういう人がいたのですか。それは良かったですね。そんな良い人に巡り会えて幸福ですな。そういう人生を大切になさい」

高木の声はいつか、力のないものになっていた。潮時だ、と由枝は立ち上がった。これでもうこの人から手紙の来ることはないだろう。はっきりと終止符を打った。

「私の方も、そろそろバスが出る時刻になるでしょう」

高木はこうもりを持った。立ち上がったものの、よろけそうな危なさがみえた。さすがに由枝も放っておけない気になり、声をかけた。

「大丈夫ですか、冷え過ぎて悪かったのでしょうか？」

「いや、心配は要りません。老人というものは気はシャンとしている積りでも、立ち坐りの時に歯痒い思いをすることがあります。立ってしまえば、別にどうということもないのですが……」

　高木は由枝から、そういう風に見られたことに、悲喜両面の感情があった。

　高木はモニター名簿に、どういう人達がいるのかという興味から、一人ひとりの名前と住所と職場を丹念に見た。立川由枝の名をみた時、そこで目が釘付けになった。多分、ヨシエと読むのだろうと思った。ヨシエ。思い出したくない別れた妻と同じ名前である。彼女は美江と書いた。今では嫌な奴という感情しか持てない、その女の名を毎日呼び続けた三十年近い月日だった。いつの間にかそれは自分の身体の一部分の名称のようになっていた。

　立川由枝というのはどんな人だろう。その年齢で、主婦と書いていないところをみると、独り者に違いないと考えた。戦時中の犠牲者とも言えるオールドミスか、戦争未亡人か、後家さんか、そのうちの一人だろう。その名にひかれて、思い切って手紙を書いた。由枝のどの手紙にも家族のことが書かれていないので、独り者に違いないと決めて、強引に手紙を送り続けた。会うという返事を貰うまでの一月半の日々の焦躁は、最後の残り火をかきたてるような欲望を一層激しいものにした。

「この人と残りの人生を楽しみたい」

愈々会えるとなると、年甲斐もなく興奮して、昨夜は仲々寝つかれなかった。

今朝、家を出る時のあの喜びとは、何と大きな違いだろう。しかしそれを怒るわけにはいかない。相手は快い反応を示してくれたのではなく、自分が一方的にのぼせ上がっていたのである。この敗北の悲しみを見せたくない頑固さが言葉に出た。あわよくば、一度家をみてくれと言って、誘って来ることが出来るかも知れない、と淡い期待すら抱いていた。

店を出ると、二人共立ちすくんだ。強い日光と路面の火照りが、歩くことを阻止するかに思えた。忽ち全身から汗が吹きだして、由枝はハンカチを取り出した。高木の方をそっと見ると、こうもりを左手に持ち変えて汗を拭いたが、その手を再び顔へ当て、目のあたりを丹念に拭った。由枝は挨拶をすますと足早に、高架沿いの道を歩き始めた。曲り角に来て振り返ると、高木は未だこちらを見て立っていた。

高木からその後、三回程手紙が来た。もう由枝のことは断念したように触れてはなかったが、知人を紹介してくれという言葉を、会ってくれたことに対する礼状の終りの方に書いていた。職場や、会社の知人の中に割り込んで話してみたが、「田舎ではねえ」というのが聞かれただけだった。家ということには、皆は関心というよりは欲望をあからさまにみせていた。由枝は、自分が断った代償に、誰かが返事をしてくれることを本気で願った。子供がいても構わないから、と嘆願するような手紙も来た。最後に母子寮を探してみてくれという、少々厚かましいとも受け取れる手紙には、哀れさも感じた。兎に角、由枝の息のかかったものを求めたい気持ちが読み取れた。由枝は面倒臭くもなり、又めそめそした男へ、からかい半分の気持ちで返事を書いた。この次はどう言ってくるだろうか、一寸楽しみにするような、悪乗り調子になった。

それっ切り高木からの手紙は絶えた。一週間経ち、十日過ぎて、半月を越した。＝もう来ない＝と由枝は思った。きっぱりとあきらめたのだ。そうなると、さすがにある寂しさを覚えた。同時にまた、そこに今までと違った男の像を見た。それは修二や、銀髪の老紳士にも匹敵する程、一瞬由枝の心を捉えた。退き際の見事さだけが、高木に対して抱いた唯一の魅力だった。二人にとって苦い思い出になるであろう夏が、終ろうとしている。

開け放した窓から時折に入る風が、確かに違って来た。風鈴の優しい音がとぎれながらも、耳を楽しませてくれる夜更、由枝は県政モニターの定例報告を書いた。もう一度目を通してから署名欄に「立川由枝、四十八歳。労務職」と書き込んだ。

「牡丹花」

神戸市民文芸集「ともづな」（昭和五十一年、五十二年発行）発表作品

父が眠りそうな気配なので、灯を暗くして顔を見守っていた。久し振りに見る顔だ。私が帰省したので、兄達は安心して母屋へ引き退り、甥は隣室の三畳に寝ているようだ。昨日の朝から、てんやわんやの大騒ぎをしたことだろう。昨夜、父が倒れたという電話を受けた時には、すぐ返事をすることが出来なかった。会社で今日の仕事を終了すると共に、三宮駅から特急で西下した。二十時二十分の島廻りの終便フェリーに連絡がついている。随分と便利になったものである。フェリーが遅くまで就航していることを喜びながら、知っている顔の一人も見えない、小屋のような待合所で切符を買った。フェリーに乗るのは初めてである。三原港から私の島までは、約一時間半近くかかっていた。隣り部落の港へ甥が軽四輪で迎えに来ていた。海岸線を走る車の中で、私が島を出た頃とは隔世の感があると思った。

父が眠ったのでホッとして身体を伸ばし、部屋の中を見廻した。八畳の間に半分だけ畳

を敷いて、残りは一方の壁にたてかけてある。側に衣類箱やら何やかやと置いてあり、押入れのない部屋は雑然としている。枕元もちらかっているが、片付ける気も起らない。私は仏壇の前にいざり寄った。仏壇といっても、幅の広い手造りの座り机を置いたものである。その上には位牌や仏像や仏具が、順序悪く並べてあり、線香の煙でくすんでいる。両端においた花筒の供え花に、大輪の白い牡丹花が青々とした枝物と一緒に差してあるのを、入って来た時から目にしていた。

薄暗くなった部屋の中で、花の周囲だけは明るい華やかさが漂っている。直径二十センチ以上もあるその花は、大きな花弁の一重咲きである。白い花弁の芯に近い部分だけが濃い紫色をしており、黄色の芯がこんもりと盛り上がって、三色の対照が実にいいと思った。一重咲きの牡丹は未だ見た記憶がない。美しくて気品があり、この部屋には華麗過ぎてまぶしい感じだ。私は小さく唸った。

「新種だな。何処で手に入れたのだろう」

家の庭先には、牡丹の大きな株が二つ並べて植えてある。白と紅の二種類で、普通の八重の花が咲く。季節中は実に辺りの物を圧倒していた。これらは隣り部落にある亡き母の実家から貰って来たもので、こちらへ移してから倍位の大きさになった。私はその時、牡丹とバラの違いを教えられた。それまで私は家にあるバラを指して牡丹と言っていた。

父は花好きとみえて、私が物心ついた時分から、よく花いじりをしていた。雨降りで農作業の出来ない時や、物日《ものび》で家にいる日、夕暮れのちょっとした時間等、花畑の中で何かしらコツコツやっていた。庭の野菜畑に続いたそれはかなりの広い面積を持ち、藁屋根の農家には立派過ぎるものだった。花畑には数十種類の花木があったから、年中花の絶え間はなかった。父はさし芽やさし木をするのが好きだったようで、さし木が根付くと他人に上げるのが楽しみだったらしい。村の中には、うちから出た花木の子や孫が相当あると思う。接木もやっていた。蓑を着て夏みかんの木に赤土を結びつけていたのを見た記憶がある。その木は未だ生存していて、毎年たくさんの実をつけていた。

子供の頃の私達は、花畑の内外を歩き廻って父から小言を喰った。実の成る木が沢山あって、それぞれの季節には日に何度となく木に登ったものだ。屋敷の境を区切って、生垣にゆすら梅を植えてあった。麦の秋には真赤に熟れた実が、こぼれる程についていた。泥棒しに来る子供を度々見かけた。ゆすら梅の季節はかなり長くて、自分で編んだ麦殻《むぎから》の籠を持って採りに行った。その生垣の上に枝を張っている無花果も季節の長い果物であった。花畑には竹で垣をしてあったが、子供らはいつもくぐり抜けた。父はよく見ていた。

「目に見えない木が一杯あるんだから、入っちゃいけないッ」

そう言われて見廻すと、あちこちと小さな面積を仕切って白い砂が敷いてあり、そこにさし木がしてあった。その辺は子供が入り込む筈のないところだったが、父は心配していた。成り木がないと他人の物を欲しがるからと言って、父は屋敷内には果物の木をかなり植えていた。私達は花より食べられる実の方が嬉しかった。観賞用の桜の木に登って、紫色をした苦い小粒の実までむしって食べた。私は花や果物の木については、他の子供より深い知識を持っていたように思う。

花に対しての父は、優雅な人であった。旅先で珍しい花をみると、一枝貰って来てさしておくことがよくあった。それが根付いて成長し、花が咲いたのを見ている時は、本当に幸せそのものの表情をみせた。一番印象に残っているのは、七色椿のことである。五十センチ位に伸びて、数個の花が咲いていた。白、紅、白に紅の斑の入ったもの、花弁が染め分けになったもの等であった。私はもう子供ではなかった。少しは人の心が読める年齢だった。

「この椿は変わっているな。色々な花をつけている」

私はその前に屈み込んで、花の一つ一つをじっと見つめた。家には赤い椿が二種類あった。花弁の短い八重咲きの方は、枝を拡げて五、六段に仕上げていた。

「これは七色椿で、旅先で一枝貰って来たものだ。あの家では確かに七色咲いていたが、わしのは未だ五色しか咲かん。来年あたりはどうかな」

そう言って、いとおしそうな視線を注いだ。

村に造園業をしている家が一軒あったが、村人は異端者のような見方をしていた。父がもし植木屋が生業であったら、いろいろと新種を作り出そうと考えたことだろう。かの造園業者の薄暗い庭に、父の姿を重ねた図を描いたこともあった。花は父の生涯を慰める大きな分身でもある。長い人生を貧乏の中に過して来た父は、二人の妻と死別した。その上四人の子供の夭折を見送った。生き残った三人の子にも苦悩した。兄は幼時に生死を分ける大病をし、私も病後に視力障害となり、弟もひ弱な儘で成長した。何かに呪われたような運命を持っていた。信仰をするようになったのは、その頃からではないかと想像する。信仰と趣味で、自分の人生を精一杯生きたであろう父は、子供達にとっては良い親とは言えなかった。兄の愚痴を聞く時、私もいつも憎しみと済まなく思う二面のものが、胸中にあることを認めた。哀しい父子だと思った。殊に外見も悪い視力障害を持つ私の生存を、母は望んでいなかったと洩れ聞いた。父と母の間にどういう意見が交されたか。

母は頭の良い人だったという。他所者という慎しみもあったのだろうが、村人からは賞讃されていたようだ。その死後、子供の私の耳に入るのも善い声ばかりだった。学校の成績もよくない友人が、こんなことを言った。

「あんたのお母さんは上品な人だった」

ませた言い方と、彼女の言葉とは思えない疑いとで、印象に残っている。知性も常識も備えていた筈の母が、私の死を望むことを口に出したのは、思いつめた女の気持ちだったかも知れない。うとまれた児は反対に逞しく成長し、年頃になると自分のことは自分で処理し、親には何一つ負担をかけずに結婚した。母が私の結婚後まで生きていたら、どんな感慨を抱いたろうか。その母は私が七歳の時に他界した。末の妹を負って貰い乳に行っていたことも憶えている。それから四、五年後に継母が来た。無学で不器量な人だったが、悪気はなかった。その母は終戦の年に死んだ。実に、父は八人の葬式を自分の手でした。

手洗いに立つために戸を開けた時、サッと流れた光の中に、仏壇のと同じ白い牡丹が目に映った。コンクリートで一段高くした野菜畑の一番手前にある。カーテンを透かしてくる僅かの明るさに慣れると、辺りの様子がおぼろ気に見えて来た。近寄ってみると、未だ若木で腰丈位の木には四つの花を見つけた。離れた場所にある古株は、花で覆われているのかほんのりと白く見えている。明日の朝ゆっくり見よう、と呟いて家に入った。

翌日、人づてに聞いたと言って、人々が大勢見舞いに来てくれた。病人の両側から足許にぎっしりと座って、皆が座を詰め合せても入れない人もいた。人々は一様に驚きを述べていた。

「二、三日前に、花を持って好見のお薬師さんへ詣るんじゃと元気に歩いていたのを見たんで、おじいさんきれいなのうと言ったら、おお、うちに咲いたんよ、と言っとられた。あの牡丹の花を持ってのう」

「私は大師さんへ詣りよる時に会った。その時もあの牡丹の花を持っておられた」

父はどこへお詣りするにも、自分で丹精した花を切って供えたのだろう。老齢年金が支給されるようになり、老人達は暇があるとお宮へ、お寺へお堂へと集まるのだろう。昔はご縁日でなければ老人も外へ出なかった。老人達には良いご時世になったものだ。枯木のようになった父が、自分の背丈程もある自然木の手造りの杖をついて、花を持って歩く姿はまことにほほえましい像となる。

倒れた時の状態を知っているのは兄嫁である。その時のことを、次々に入って来た人から問われる度に、繰り返し繰り返し話す。いつもは側に寝ている甥が、町役場でその夜は宿直であった。父は自分で炊事をしていたので、いつも通り早起きして、歩きかけてすべったのか、その場にうずくまって戸を叩いていたという。甥がいたら何事もなく済んだかも知れない。ことが起る時には、悪条件が重なっているのだろうと、あきらめる他はない。口をきくのも辛そうだし、言うことが半分も聞き取れない。当日は五月五日の子供の日であった。父は山へ行く計画を持っていた。

村境に近い山中に貴人の墓がある、といつの頃からか村人が噂し始めた。その近くを開墾した人は辺りを掘り起してみたそうだが、何も出てこないし確たる証拠もないという。それは児島高徳の墓だとの説があった。父は別に研究する程の知識も持ち合せていないし、宝探し等という欲望はなかった。ただ、行ってみたいと希望する人には、道案内の役は喜んでする気持ちであった。

「今なら未だその場所をはっきり記憶している。おじいになって呆けたら分からなくなるから、今のうちに行きたい人は連れて行く」

よくそう言っていたそうだ。八十九歳の父は喜んで、その朝の来るのを待っていたことだろう。親戚のおばさんを案内して行く筈だった。自分で作った新しい藁草履を上り口に揃えてあったと聞いた。土間の隅に押しやられていた草履がそれなのだ。私はその意欲的な気持ちに打たれた。

当分心配はないとみたので、一先ず帰って来た。兄達は私に世話を見て貰いたい風だったが、私は今度の職場は失いたくなかった。時間で労働する人々を私は羨望して来た。条件は悪くても過去に比べると、喜びの方が遥かに大きかった。私は職場を捨てて父を世話する気にはなれなかった。

二度目に行った時は、支えてやれば歩いた。父は足に灸をすえてくれと言いだした。深い軒下は風も通るし未だ日も差し込まないので、莚を敷き座布団を持ちだした。灸の数は随分多くてうんざりした。爪を切って上げよう、ついでに身体も拭こうな、等と鋏にアルコールと綿を持ってきて、病人をさっぱりさせた。

「ついでに足の裏のタコをとってくれ」

と、言い出す。

「疲れないかな」

「いいや、大丈夫だ」

父は片膝を立てて、足の裏を見せている。拇指の裏が白く固くなっている。カミソリで周囲から削り始めた。削りとった皮膚の小片が驚く程だった。窪みが出来るまで削っても、未だ乾いた白い色を見せている。

「痛いかな。もうこの位でやめようか」

「いや痛くはないよ」

兄嫁が食事を持って来て、恐ろしそうにのぞき込んだ。そして身震いしていた。今度はいつ機会があるか分からないので、出来るだけ深くえぐり取った。父の望むようにその上へ味噌灸をすえておいた。立ち上がってその足に力を入れてみて、父は明るい声を出した。

「ああ、これで楽になったよ。歩く時に痛かったでな」

長時間座らせていたので、午後は横にならせた。言葉も大分はっきりして来た。耳はよく聞えるので、病み始めた頃に見舞いに来てくれた人達のことを言っていた。

「女の声は調子が高いのでやかましい」

父は寝ていて見舞い客のしゃべることを皆聞いていたのである。中風になったら世話が大変だとか、倒れてから通じがあった日までの日数が病む年数だとか、そんな話を本人は全部耳にしていたのだ。それは私に少しきまりの悪い思いをさせた。ごまかすように私は当日のことを話題にした。

「児島高徳さんは、あんたに来られては都合が悪かったんじゃ。それで足止めされたんじゃよ。でもその方が良かったかも知れんで。山の中で座ったらどうにもならんからな。もうわらじを履くのはやめた方がいいよ」

私はわざとおどけた言い方をした。

「ああ」

父はうなずいた。私の言うことには、すなおに返事をする。兄には頑な態度を見せて困らせることがあるようだ。離れているので、小遣いとか品物を送ったりして目に見える経済的なことが一つの要因かも知れない。

現に隠居所としている此の住居も、昔は煙草の乾燥室だった。八帖の広さの部屋に、厚い壁をくり抜いただけの窓をはめて暗い中に住んでいた。雨漏りが激しくて堪えられなくなったので、私は修理と改造をすることにした。家の中も明るくなり、隣りへも一間を作る等して、使い勝手のいい住まいにした。両脇には六畳と八畳の広さの物置を備え、深い軒下は十畳程の面積があり、車が乗り込める。物置は兄達が使って随分と重宝している。それをした直後に、弟の家庭の危機を救うために、当時としては大借金を肩代りしてやった。引揚者の私には、経済的に何の力もなかったが、才覚と度胸でやった生涯に一度の大博打だった。その時、建設作業員の経験をした。兄も父も恐がる程のことを私がした。それが父を感服させているのも否めないだろう。

私はまた父の良き理解者でもある。引揚げて来た当時のことになる。

「観音経を習いたいのだが、字が小さくて読めないから側で一緒にお経を上げてくれ。そうすれば耳で覚えるから」

父は六十三歳か四歳だった。

「どうしてまた、そんなことを始めるの」

「この頃お寺さんから、小僧に来てくれとよく頼まれる。戦死者の葬式の時は、二仏か三仏にする。今まではそんな時は××寺の庵主さんを頼んでいたが、庵主さんが留守だったり、遠いからと断られたりする。人がいないからと言ってなしで済ます訳にはいかない。此の頃はわしがよう頼まれるんじゃ。わしも観音経を習っておかねばなるまいよ」

庵寺のある所は、隣村の未だ向うになる。電話をしても、本人が大儀な時もあったんだろうし、二つの寺から迎えが来て断られる事情も生じたのだろう。

私はその夜から夕食後に、父と並んで観音経を上げることになった。上下二巻を上げると三十分以上かかった。私は声が出にくくなり、顔がこわばり、心臓が激しく動悸して、どうなるのかと思う程だった。父は平然とした声で私の後から唱えていた。二月位経ってから、父は一人で試みることにした。

「あんたは、黙って本を見ていておくれ。わしが間違えたら直しておくれ」

その頃になっても、私の声は未だ慣れなかった。お経を読むのは力が要るものだと思った。父が間違えると、私は大声でその個所を唱えた。父は読み直して次へ進む。父は振りがなの字が全然読めないと言っていた。三カ月位並んで座った。父が遅く帰った夜でも止めることはしなかった。

父が一通り読めるようになっても、どうしても間違える個所があった。私はそこまでくると、大きな声で先導した。ある時はスラスラと進み、ああ良かったと思っていると、次の夜は間違えて唱えている。老人だから仕方がない、仏様どうぞ許してやって下さい。私は心の中でお願いし、仏事に行く日にはそのことを案じていた。子供ではないから、くどくど言うことは差し控えた。父は本山へ行って侍者としての資格を受けて来た。兄は父の行動を嫌ったが、私は対立意見を持った。

「老人が自分の世界を拡げていくのはいいことだ。お布施を乞うているんじゃない。先方様が下さるものを受けているだけだ。苦しくて出せない人から、無理にくれとは言っていない。本人は死者を葬ろうてお経を上げているのだから、別に恥じることではない」

と、言い切った。普通の葬式でも、お供を連れて来て下さいと申し入れが殖えたということで、仏事がある毎に父は大抵出かけるようになった。花飾りを殖やすより、衣を着て読経する人が殖える方が、仏への供養になると考えたのかも知れない。お布施を貰うことに対する世間の思惑を気にする兄の考え方に、私は同調することは出来なかった。

父にはそれが生活費の足しにもなったし、孫達を喜ばすことも出来た。自分の道を開くという姿勢は学ぶべきだと思った。風采の上らない老人が、お寺方と一緒の席に連なり、食事の際に酒を過したりする図はほめたことではない。しかしそれを言って責めては、余りにも老人の身が哀れだと同情が湧く。時には私も苦言を呈することもあった。そんな時はつい言葉も荒くなる。

「悪かったのう。生き過ぎたのう。邪魔者よのう老人は。この通りです」

と、呂律の廻らない声でいい、手を合せたりするのを見ると、私は何と言っていいか分からず、横を向いたままでわけの分からない涙を流した。

父は旅行もよくした。観光旅行に行くようになったのは近年のことだが、歩いて廻った頃の四国八十八カ所の遍路にも二回行ったと聞いている。伊勢参宮もし、高野山にも上り、善光寺へもお詣りし、大島八十八カ所から、暮れの大師には我が島の島廻りと、足まめに出かける人である。だから話題が豊富で、老人の集まる場所では目立つ存在である。旅した先々で耳学問をして来たようだ。いつから始めたのか知らないが、島のことや郷土のことを調べてメモをしていた。そうしてそれと関連のある事柄は、わざわざその土地へ出かけて行って、納得のいくまで聞き廻った。私が引揚げて来て数年いた間に、まとめておいて上げようと思った。雨の日や物日に二人はメモを、大体の年代順に整理した。それから私が暇をみては、読み易いように毛筆で書いて、一冊の本に綴じた。表紙に〇〇村郷土史と書いた。父は喜んで、度々読み返していた。一農民の足で綴ったもので、学術的には評価されないものである。しかし村の小学正や中学生がやって来ての質問に答える、格好な材料になったようだ。見舞いに来てくれた人の中で、こんな声があった。

「この村の学校の生徒らで、ここのおじいさんに世話にならん子はおらんじゃろ」

兄は本にまとめたのを父が持ち歩くことに批判的であった。中央へ出て話すのではなし、村の中でしゃべる位は構わないじゃないか。平凡な陰気なじいさまより、余程上等だよと弁護してやる。子供は誰でも自分の望み通りの親であって欲しいのだ。父への過去の不満を忘れ得ない兄は、そうした無駄な労力や冗費等を何故、よその親のように子供に向けてくれなかったのだ、と言いたいのだ。兄は修学旅行の時の小遣いのことや、出征する時に祝いの席を設けてくれなかったことを寂しく愚痴ったことがある。私だってかみつきたい。弟だって言いたいだろう。子供が平目のように横目でじっと父を睨んでいたのは、精一杯の反抗だったのだ。しかしもうそれも昔のことだ。兄も弟も、どうにか数人の子供達を養い育てた親になっている。私だけが波乱の人生を独りで漂っている。ひねくれて片意地張って、我が前の物に突っかかっていったから、他人の知らないことも多く体験して来たのだ。私は過去を憎しみや怨みだけのものとは思いたくない。

父の旅は楽しみだけでなく、孫のために一生懸命のこともあった。兄の長女が幼時、腎臓病だった。ある人から梓の実を煎じて飲ませよと聞いた。父は海を渡って広島県の奥地の村を訪ねた。その時は季節外れで、その実はなかった。やっとこぼれを探し集めた少量の実と、生えていた苗を貰って帰宅した。孫の病気の役には立たなかったが、屋敷の端と花畑の中に植えた木は成長して、沢山の実をつけていた。二十四、五センチもある細長い莢が房になって垂れていた。その長女も現在は二児の母親になっている。環境に恵まれていたら、父も単に趣味として満足するだけでなく、何かをやり遂げていただろうと惜しい気がする。

行った度に私は忙しい時間を過した。家に着くのはいつも十時近かったが、朝早く起きて花畑の除草をしたことがある。父も軒下に座って緑の風を受けていた。花畑は雑草が伸びて、蚊がうなっていた。私が鍬を持ち出すと、父は指差して言った。

「あの辺りに松が生えている筈だから気をつけてくれ。珍しい種類だが草に負けたかも知れん」

夢中でけずっていると、草の揺れを見ていたのか「その辺りだよ」と言う声が聞えた。夏草を掻き分けると、割竹を四本立てて麻糸を張った中に、十五センチばかりの細い松の苗を見つけた。

「あったよ。生きている」

私は顔を上げて、応答した。父の話から、正月の生花に使う長松葉の木だろうと思った。結局三本生きていた。小さい囲いは三十センチ間隔で、横に五つ並んでいた。昼休みもしないで仕事を続け、夕方までにはきれいに終らせた。鍬の刃を深く入れて草の根を切ったから、当分はすっきりするだろう。これで下枝の方にも風が入るようになった。土埃と草の種子が汗に混ってへばりついた腕と足を洗い、私は着替えた。

「帰るよ。大事にな。又来るから」

「しんどい目をしに来たのう」

父はポツリと言った。話し相手になってやれなかったが、自分が大事にしている花畑の手入れをしてくれたことで、それ以上の喜びを感じているようだった。

自分ではもとの健康に戻ったと考えているようだ。昨年の夏もそうしたことを思い浮かべながらの行動であろう、裸になって菊の苗に水をかけている。床の菊は枯れた方が多い位だ。

「元気になったなあ。菊が喜んでいるわ。しかし今年はサッパリだな」

「仕方がないよ。わしが寝てしもうたで」

花のない秋を想像するのか、力のない声だ。写真に撮っていた昨年の菊は見事な出来栄えで、相楽園の菊花展の出品作にも劣らないものだった。厚物も糸菊も数多く並んでいて、その横でおだやかな顔をしてカラー写真に収まっていた。自分で採点し金、銀、銅賞の札をつけ、一人で悦に入っていたという。私は父が昔作っていた、表が赤、裏が黄の糸菊が好きだった。本当に糸のように細い花弁の表と裏がちゃんと違った色を持っていて、自然の妙味に感心した。今年の花は小粒だろう。

あれは私が島を出て数年後のことだった。帰省した時、庭の一面に大事そうに植えてある三本のバラを見た。立て札に未知のカタカナの名が書き込まれてあった。「これどうしたの」と聞くと、島根県の農事試験場から買ったという返事だった。千円近い金額を言っていたが、当時としては私を驚かすものであった。父の新しがり屋がまたこんなものを買って、とちょっぴり不満の気がした。私は少しでも身ぎれいにして、良い生活をして貰おうと思って送っている金であった。そのバラの花は見ず終いだった。バラ作りは、成功しなかったのかも知れない。

私は帰省する時にいつも迷う。村の子供達に不愉快な思いをするからである。変な人がいるとか、変な顔の人、等と悪態をつきながら何処までもついて来る。見慣れない者への関心をそう表現しているのかも知らないが、私にはどうしても曲解してとる面がある。道端で見かける知らない子が殆どそうなので、蹴とばしてやりたいとも、殴り倒してやりたいとも思った。私の子供の頃には、旅の人であろうと物乞いであろうが、大人という特殊の気持ちでみていたから、そういう子供達はいなかったように思う。何が田舎の子供の純真さを奪ったのだろう。父がいなかったら、こんな土地へ来るものかとその度に思った。いっそ父を引きとって、この狭い部屋の中で一緒に暮らそうかと思ったこともある。しかし仕事をとり上げてしまって、身ぎれいに暮らさせることが老人の本当の幸せかと考えると、私はそれをあきらめた。

郷里へ行きたくない私は父を招いた。最初は三宮駅まで一人で来た。旅館に泊って、父には二度目の伊勢参宮と高野詣をした。二回目は、姪に金を持たせて迎えに行かせた。横浜の弟の家へ連れて行くのに、新幹線に乗せた。当時は田舎の人で新幹線に乗った人は少なかったと思う。三度目の時は尾道まで迎えに行き、兄嫁の手からその手をとって列車に乗せた。離れているために親戚つき合いのない私の婚家へ伴って、亡き夫の二十五回忌の席に座らせた。その序でに日光を見物させた。父は常々「願わくば無病息災、死なばコットリ」と言っていた。私も父がそうあって欲しいと希望した。一緒に旅行して喜ばせ、ある日突然に死んだという通知が来たらいいとひそかに願っていた。病気の知らせで、嫌な思いをしながら何回も島へ行くことになり私は憂うつだった。

いつも送金や小包の礼状は兄嫁が書いて寄越したが、ある日父の字で毛筆の封書には緊張した。御身御大切に願い上げます、と書いた半紙に古いお守が巻き込んであった。ホッとすると共に笑いがこみあげて来た。

「ハハア、小遣いの催促だな」

私は臨時に三千円送った。老齢年金も入ることだし、少し控えてやろうかと思っていたが、父はもっと殖やして欲しいのだ。私が十人並の容姿を持っていたら、父に送金する気があったかどうか分からない。周囲の人達が、自分の装飾品に金を使うのをみると、時には淋しく思った。映えない自分を飾るより、清潔にしてさえいれば足りるとして来た。少ない給料から送金するためには、公共のモニターに応募した礼金等も足していた。私の行為を人々は親孝行と言ってくれたが、私は側で世話をしたり対話のないことの償いのつもりだった。姑にもその生前は、僅かずつでも送金を続けて来た。

父は甘えを私に求めていたようだ。病床へ呼び寄せた弟は二日程で、仕事の都合という理由で帰って行ったが、その弟に旅費をやれと言った。

「いいよ。その位のものは持っている」

弟は笑ったが、無理にも受け取らせた。私からはせびり、弟には与える。父は父なりに子供達をみているのだろう。私にはどんなことにも負けない人間だと信頼して、凭れかかっているのかも知れない。本箱を整理していたら貯金通帳が出て来た。

「へえ驚いた。おじいさん、あんたは貯金する金があったの。私は、焼酎ものめなくなったのかと案じておったのに」

「あんたから貰った金は使わんと、貯めてあるんで」

貯金額を殖やすために、あんな工作をしたのである。持っているという安心感のためか、葬式代のつもりだったのか。

父が死んだのは十月初旬で、九十歳の誕生日に数日足りなかった。彼が生前口にしていたように、コトリと小さな物が倒れるようにひっそりと息を引っ取ったという。それまでいた親戚の人が去り、兄嫁は夕食の仕度に母屋へ退った。役場から帰った甥が、返事がないので側まで行ってみたら、未だ温みがあったという。酒も飲み、食事もしながら丁度五カ月の病床生活だった。私はその三日前に顔をみせていた。その日も例の如く手足を洗って「帰るで」と言って、船の時間ぎりぎりに家を出た。分かっていたらその位の日数は、つきっきりに看ていてもよかったのにと悔いが残った。五回目のそれが最後になった。その日のことを、

「今日は日が短かった。あの子が来てくれてのう、とおじいさんは言っていましたよ」

親戚の人からその話を聞いたのは、葬儀の日だった。私は父の遺体の前で呟いた。

「お互いに幸せの悪い巡り合せだったのう。死んだ姉か妹と入れ代っていたら、彼女らは村に嫁いでいたかも知れん。そうすればあんたも十分に看て貰えただろうに」

通夜の人々のざわめきの中で、兄の声がさわやかに聞えた。

「親父も大往生よのう、九十を数えたんだから、貧乏人であれだけ好きなことをした人も少ないだろう。本人も満足だったろうよ。村の人にも可愛がって貰ったし、貧乏はしたが華麗な人生だったと言えよう」

私はその言葉に、あの白い牡丹の花を思い浮かべた。そうしてうなずいていた。父の亡くなった今は、兄も恨みもつらみもないだろう。

来年は七回忌を迎える。父の死後三年目に新築した兄の家へ行った時、あの牡丹は友人にやったと話していた。

短歌集

新春

ここに吾が生き継ぐあかし新春の雑煮を小さき鍋に煮上げぬ

挨拶を交す人なき屠蘇の膳に曲り勝ちなる背を正して坐す

現にぞいま二重橋を渡りゆく庶民われも今日の参賀に

夫在らば今日の喜び共にせむ大内山の両陛下にまみえぬ

勤行の木魚鐘の音すがすがし春を祝ぎるる向ひの尼寺

鍵をかけ初出勤の足かろく路地を出ずれば春の光満つ

初湯にてお返しに流す乙女の背まぶしき迄に湯の玉はじく

あかときのジョギングコースの町角に梅咲き初めて皆足止むる

ジョギングを終へ来てかじかむ指先にポケットの鍵ほのかに温し

あかときの陸橋にわれとすれ違ふ見知らぬ老が目礼返す

延吉収容所

賀状書く季節は亡き夫偲ばるる達筆なりきと人らに告げて

ただ一つの遺品となれる夫の手紙とり出して読む命日の今日

野菜種子の無心も言ひてわが父へ満州からの夫の文字美《は》し

瓜畑に拾ひしハーモニカ夫が吹き我は歌ひき満州の夜に

延吉の収容所にて逝きたりき夫の命日けふ秋分の日

延吉の収容所跡は如何にあらむ夫の墓石の文字も古りたり

背信に怒りしことさへ恥ずかしく盆の朝に夫の墓洗ふ

重石載す板屋根消えし故郷を見るなく夫は満州に死せり

満州へ墓参の叶ふ日のあらば我は行きたし延吉収容所

此の朝の浅間山見えず夫の墓は雨に洗はるる十三回忌

心になき愛想を言ひつつ注ぎ廻る小さき銚子の重き夫の忌

桑畑の道

乗り継ぎて一日の暮るる今日の旅異郷の思ひす亡き夫の村

渡良瀬の川面は今日も濁りゐて足尾の悲話を伝へて流るる

亡き夫と見し風景の残りゐる桑畑の道をバスに揺られゆく

寝そびれて浅きまどろみくり返す瀬の音たかき山峡の宿

ゴロ引きとふ里の訛が浮かび来ぬ旅の眠りを鼾に目覚めて

うぐひすの声に旅寝を覚まされぬ風未だ冷たき上州の里

遠く来て名残りの桜に出会ひたりつつましき旅の喜び増しぬ

呼びもののあやめ稚し棹さしゆく水郷の小舟に肩を寄せ合ふ

夕あかね背負ひて進む田植機の影は金色の水面舐めゆく

この海の向うは釜山若き日の夫との思ひ出あたたかき町

蚕飼ひの郷

この郷に生れて蚕飼ひに老いませし姑は今日より静かに機を織る

やはらかき絹地織りゆく姑の手の節《ふし》高き指の動きうつくし

背を伸ばし髪を撫でつけ織り台へ姑は上れり今日織り上ぐと

逆縁の重なり皺の殖えてきぬ機織る姑のその横顔に

逆縁の四人目となる我が夫を葬る姑の背じっと見つむる

亡き夫が歯型をつけしこともあらむ病臥の姑の乳房拭きをり

村端のわが家なれば坂越えの学童ら駆け来て井戸を囲めり

小姑は鬼千匹と人の言ふ義妹と夫の墓前に香焚く

目礼がきっかけとなり旅先の車内に安らぐ上州訛

五月の朝

白衣着て境内掃き在す神主の清々しさよ五月の朝は

今年竹いろ鮮かに直ぐ立てり此の道来れば心はづむも

若葉萌ゆる五月の朝よ征く夫と北満の峠に別れし日の顕つ

隣人と互に掃き寄る朝の道梅雨の晴れ間の清しさ言ひつつ

くちなしを一輪バッグに忍ばせて姪の結婚式に連なる

丸文字の姪の手紙も添えありて心あたたまる結婚招待状

寄せ書きの大きなコケシが廻り来て拙き一首で門出を祝ぎたり

この花の名さへ知らずに逝きたりき母に供ふる母の日の花

わが結婚を見ずに逝きたる母思ふ妹を背負ひて貰乳せし吾の

野に在りし如く器に生き生きと空木《うつぎ》の花は日々を咲きつぐ

野の花を摘みきて朝餉の卓に挿す何はなくとも二人は健在

口論のあとさはやかなり「この家はあんたが大将」の君のひとこと

大和薬師寺

並ぶ背のみな美しく一心に写経し在す大和薬師寺

新しき筆おかれてあり薬師寺の宇蘭盆法要の写経机に

幼くて逝きし四人のはらからに供養の写経す薬師寺に坐して

灯明のひかり届かぬ堂内の闇をゆるがす百人の読経

生れし家も婚家も遠く写経にて亡き先祖らにまみゆる思ひ

ひばり鳴き野鳩も聞ゆる薬師寺に百八巻目の写経なし終ふ

前を行く僧の草鞋はビニールの白き紐にて編まれてあるなり
辿り来て心なごみぬ大和路の石仏千年の笑顔に在します

新しき箒

越して来しこの家の厨の明るくて鍋洗ふ手の弾み動くも
前は寺うしろは神社のアパートに迷へる時は窓開けてみる
恙なく吾がゐることを示すがに誰よりも先に雨戸あけゆく
丹念に灰汁を除きて吾が為の夕餉のスープの味付けをなす

職場にて和へ物つくるこの手ゆゑ爪切り揃えてやすりをかけぬ

貝どちは何を話すや己がじし呟き交す夜の厨に

声ひそめ朝の読経すアパートの人々ら皆歳若ければ

台風に落ちたる槿の花二輪小皿に浮かせて食卓に置く

台風の過ぎたる今朝は近隣の顔が揃ひて道路掃きをり

新しき箒で座敷掃きゆくに立つる音さへ昨日と異なる

迷ひつつ捨てたる靴を呑み込みてゴミ収集車は曲りて行きぬ

寡黙なる主が顔を輝かせ「とりかぶとの花」と答えてくれぬ

善きことをいくつかなせし日の夕厨にうまき汁煮上りぬ

汗も受け取る

いましばし残暑続けよバーゲンにワンピースを買ひ胸はずむ吾に

つり銭は掌を灼くごとし道に売る農夫の手より汗も受け取る

車内にて読みゐる我の肩越しにのぞく気配す共に読みませ

ためらひしを悔ひたり婦人は背ボタンの外れたるまま電車に乗りぬ

階段が混みてゐるとふ放送の響きくるなか我一人下る

奥の間に菊の香こもれり水を替え市場へ行きて戻り来たれば

乙女ふたり二日過ごせしわが家に今朝も漂ふ異質の匂

起きぬけに左の耳の痒ければ持ち株のどれか値上りせむか

ほのかなる茶の香たちきぬ茶殻まき部屋を掃きゆく我のめぐりに

はにかみて口ごもりゐし女童の手紙は淀みなく意志を示せり

心して新聞さし込む少年に購読止めたき気持にぶりぬ

さはやかな一日にならむ隣人の謝辞を受けたり路地を掃きゐて

尼寺の屋根修理する職人の口笛ひびく九月の空に

月食（蝕）

万人に代はりて月が病みますと月食を祖母はをろがみ居りき

消防車のサイレン響く夜天井を走るねずみに安らぐ独り居

いわし煮る匂窓より忍び来ぬ我も鰯を洗ひてをれば

割箸で路上の落葉拾ひ寄す雨降りしきるゴミ収集日

良き夢に目覚めぬ少し早けれど冷ゆる厨に蛇口をひねる

戸を開けず応えし我に外務員は優しき言葉を残して去りぬ

拡大鏡さしのべ見るにメイドイン・チャイナと記しあり吾がトレーナー

ハイヒールの靴先揃へ腰かけぬ心だれくる午後の電車に

酒憎む思ひの胸にひそみゐて目出度き酒座に独りさみしむ

お多福と言はれゐしわれ年古りて程良き顔の鏡に映る

路上駐車の番号のぞきて歳若き婦警は左手にて文字書き初むる

タイヤ洗ふ少年工らきびきびと動きてをれり確信持つがに

和田の岬を見放くる清盛公の像さびさびと在す潮風受けて

故郷も妻子も或いはあるならん駅構内に屯す浮浪者

手を止めし清掃の老に詫びゆくに「いいえ」と清しき声の返りぬ

病む歌を詠みゐし婦人いつよりか新聞歌壇にその名の見えず

テレビにて

秋霖の坂下門に御見舞の記帳の列の続くが写る

父病みて

夜汽車降り始発のフェリー待ち佗ぶる父病む電話よべ受けたりき

汽車船を乗り継ぎ行きて病む父の爪を切りて灸すえしのみ

夜汽車にて父を見舞ひ夜汽車にて職場へ戻りしわれ若かりき

みづからが作りし菊に囲まれて父の柩は家を出でたり

父の夢よべ見し朝は常よりも心ひきしめ勤行なせり

古里の山

ふるさとの山の低きに驚きぬ見上ぐる家の建ち並びゐて

帰省せる我に声とぶ同窓会ふるさと訛が心ゆさぶる

筒袖の学童の顔浮かび来ず古稀に集へる隣席の君

古語一つの表現めぐり討論す七十路の顔みな生き生きと

拙きを恥ずれば確実に読める字と言ひてくれたり今日の集ひに

みかん畑ばかりとなりし吾が里は午後ともなれば野の径暗し

稔田は朝日を受けて静かなり心おごそかに刈り進みゆく

此の家が兄一代の成果かと膝におきたる荒れし手を見る

父の手に触れし物なし新築の家に世代の交替を見つ

退院の胸中問ふに凱旋とふ言葉が良しと兄は答ふる

除夜の鐘

かがり火の人垣の顔おだやかに除夜の鐘撞く順を待ちをり

来む年もまた幸せの続くらむ健やかにあり大晦日の夜半

憂きことも心の汚れも消ゆるべし六根清浄除夜の鐘撞く

亡き夫よその手を我に添え給へいま薬師寺に除夜の鐘撞く

知恵と技を盗みて日々に新なり七十路われは後ふり向かず

書簡集

石井房次郎氏（東京都八丈島・長嶺八丈開拓団長）

陽春の候愈々御隆盛心からお喜こび申し上げます

偖而小生此の度国際空港建設協力とゆう大義名分のため敢えて小我を捨て戦後二十数年血と汗とそして自からの手で伐り拓いた富里の沃野を離れ此処絶海の孤島鳥も通わぬちゆう八丈島で其の昔望郷の念やむかたなく遠島死した流罪人の心境をしのびつゝ余生を送ることにいたしました　在葉中の御交誼御友情に対し深く感謝申し上げます

八丈島はかつて小生が若干の足跡を残した場所であり妻の故郷でもあるので静かに贖罪の老後を送るのに最良の地として選んだ次第です

その昔鳥も通わぬとうたわれた此処八丈島も時代の鵬翼は羽田をたつて僅か五〇分で翼を休めることが出来る近距離となりました

何うぞ御寸暇もあらば是非御来遊下さるようお待ち申し上げております　終りに遥かなる洋上の孤島から皆様の御繁栄をお祈りしつゝ御挨拶といたします

昭和四十三年陽春

東京都八丈島八丈町字三根

石井房次郎

まつを

昭和十九年　夫畠山虎雄より私の父に宛てた手紙

拝啓

過般父上様より度々小包みを御送り下され、有難く拝受致しました。何分共、当方に於ては作業衣の配給も少なく、誠に閉口致して居ります。満州国も目下、衣類の統制、及び食糧の配給制度が一段と強固になり、一般市場では衣類は見へず、食糧はキップ制になり、内地と同一の経済機構になりました。

亦、農民の我々は二頓の供出の義務を負わされ、増産計画も本年は相当拡大されると思います。私達の開拓事業も、入植当時の只単なる食糧確保を、個人的生産目的という機構は変って、先づ国家事業を第一主義にして、自分は第二に於かれて居ります。

本年の蒔付も大分進んで居ります。私達はお陰さまで元気に働いて居りますから御安心下さい。尚又お願の件、度々で心苦しいのですが、当国では蔬菜種子が手に入り難く、団本部にても入荷の見込みなしとのこと故、若し父上方で求められますならば、美濃早生大根、聖護院、白菜等、各二合宛買求め下され度、御願致します。先づは御礼旁御願迄。

敬白

満州国牡丹江省寧安県東京城街
第十次長嶺八丈開拓団辯事所気付

畠山虎雄

父上様

あとがき

活字離れを言われる様になって久しい。私自身もそれを感じる。読む時間が減った。私も昔は読書家だった、と己惚れている。私は乱読だった。恵まれない境遇の中で、随分と無理をして読んでいた。貸本屋の上得意さんだった。本屋のご主人に「奥さん読むのが早いね」と、よく褒められた。

私はよく外出するので、乗物の中で読書している人を見かける。私の見る限りでは、中年の男性が多いように思う。読書している人を見ると、親しみを感じ、また嬉しくもなる。あの人たちは、どんな物を読んでいるのだろうか。女性の書いた物に興味を抱くだろうか、等と考えたりする。私の本も、あのように熱心に読んでほしい、と願っている。

文芸社の方々の温かいご支援を感謝している。同時にこの先、どのような結果になるのか、不安と期待の日々である。

著者プロフィール

畠山　久米子（はたけやま　くめこ）

大正8年2月20日	愛媛県越智郡盛口村大字盛にて出生
昭和8年3月	盛尋常高等小学校卒業
昭和16年12月8日	畠山虎雄と結婚、開拓団員として渡満
昭和20年9月	夫　戦病死
昭和21年9月	博多に引き揚げ
昭和30年～40年	外国人家庭で働く
昭和40年～7年間	阪急百貨店神戸支店に勤務
平成7年1月17日	阪神淡路大震災で被災し横浜市に転居
平成12年	神戸に戻り、現在に至る

ひとりの楽園

2002年 3月15日　　初版第1刷発行

著　者　　畠山 久米子
発行者　　瓜谷 綱延
発行所　　株式会社　文芸社
〒160-0022　東京都新宿区新宿1-10-1
電話　03-5369-3060（代表）
03-5369-2299（営業）
振替　00190-8-728265
印刷所　　図書印刷株式会社

ISBN4-8355-3499-9 C0095